秘密の子育てがバレて海上自衛官パパに猛求婚されてます

浅見茉莉

Vanilla文庫Miel

contents

イラスト／森原八鹿

プロローグ

海上自衛隊横須賀基地は、多くの人でごった返していた。快晴の祝日に開催されたイベントは、ヘリコプターの展示やプロペラ機の体験搭乗、海上自衛隊音楽隊による演奏、グッズ売り場もあり、コアな海自ファンばかりではなく、一般の人も楽しめるお祭りとなっていた。

小さな子どもを連れた家族の姿も多く、そこここで楽しげな笑い声が響く。

「大盛況だねー。あっ、ちょっと湊！　そんなに慌てなくても、船は逃げないからだいじょうぶだよ」

池端美桜は、三歳になる息子の湊の手をしっかり握り直した。忙しなく左右を見回し、ともすれば引っ張られるように走り出そうとするのを、引き戻すのはひと苦労だ。

（嬉しそうな顔しちゃって。連れてきてよかったな）

弾ける笑顔につられて美桜の頬も緩む。

（私まで楽しくなってきちゃった）

いつもは育児と仕事と家事に追われていて、なかなかこんなふうに出かけることができない。でも、湊の笑顔を見せられると疲れも消えていくようだ。ふたりだけの生活でなにかと忙しいけれど、今しかできない幼い息子との交流をもっと楽しみたい。

「ねえ、リョウくんもいるかな？」

「うーん、来てるだろうけど、会うのはむずかしいかもね。こんなに人が多いんだもん」

「ひと、いっぱい！」

保育園のなかよしには会えないかもしれないと言われても、湊はご機嫌で飛び跳ねている。

発端はそのリョウくんが今日のこのイベントに行くと自慢したことで、湊は一か月も前から自分も行きたいと言い続けていた。しかしパティシエの美桜にとって、GW前後は多忙を極める。もともと出勤する予定だったのを、できることは事前に済ませて、同僚に休みを交替してもらった。

（行けるってわかったときの湊の喜びようったら……）

飛び跳ねながら部屋の中を駆け回る姿を思い出して、口元が緩んだ。

横須賀に住んでいると海自や米海軍の船や航空機を遠目に見かけるのは日常で、湊も大の船好きだ。幼児用の図鑑がお気に入りで、静かに遊んでいるなと思うと、それに見入っている。本物の船を間近に見られる機会なのだから、興奮するのも無理はない。

海風に乗って音楽隊の奏でるマーチが遠く耳を掠(かす)める場内を、美桜は少し感傷的な気分で見回した。ここに来るのは初めてではない。まさかまた訪れることになるとは、思いもしなかった。

（あれからもう四年、か……）

　過ぎてしまえばあっという間だったとも言えるけれど、いつでも必死だった。いや、今もだ。でもそのおかげで、かけがえのない宝物と一緒にいられる。

「あっ！　ママ、あれ！」

　湊が指さし、全力で進もうとする方向には、物販のワゴンが並んでいた。自衛隊グッズの中でも、湊を惹きつけるのは船のフィギュアだろう。いずもだとかあさぎりだとかぶつぶつ呟いている。果たして識別できているのかと思ってしまうが、この年齢の子どもの、好きなものに対する知識欲はすごい。保育園には、ちびっこ虫博士やちびっこ電車博士がたくさんいる。

　美桜は手を引っ張る湊の行く手を塞ぐようにしゃがみ込み、小さな肩を掴んで顔を覗き込んだ。

「今日はお買い物じゃなくて、湊が船を見たいって言うから来たんだよ？　それにもうさっき、これを買ったでしょ」

　湊がかぶったキャップのつばを指先で突く。入場するなり目についたワゴンに駆け寄って、スカジャンのように派手な刺繍の入ったこれを欲しがったのだ。識別帽というらしい。艦艇ごとにデザインが違うのだが、湊が選んだのは陸警隊のものだった。

欲しがるものを次々買うことはできない。甘やかすのはよくないし、シングルマザーという経済的な理由もある。

湊ははっとしたようにキャップに両手をやり、しかし諦められないようにワゴンに視線を向けた。摑まえていなければ、身体がそちらに向かってしまいそうだ。

「ふね、ほしいもん……」

今にも泣きべそに変わりそうな横顔に、美桜の胸に迷いが生じる。湊を楽しませたくてここに来たのに、泣かせたくはない。いつも素直に明るく保育園に通って、迎えに行くと満面の笑みで駆け寄ってくる。幼いなりに、母親が苦労していることを察しているのだ。

(我慢していることもあるんだろうな)

そう思うと、胸がきゅっとつまるような心地がした。

「……じゃあ、ひとつだけだよ」

美桜はにっこりするとキャップの上から湊の頭を撫でて、手を繋ぎ直した。

「ほんと⁉　やった！」

たちまちに笑顔になった湊に引っ張られて、ワゴンの前に立つ。

「こんごう！」

「おっ、ぼく、よく知ってるね」

販売スタッフに褒められて、湊は得意げに指さしながら次々と艦名を挙げていく。正解かどうか、美桜にはわからない。

「湊、こっちのほうがかわいいよ。持ち歩けるし」

湊が見ていた精巧なフィギュアは値段もそれなりで、おもちゃのように振り回して遊ぶためのものではない。そんなことをしては、たちまち壊れてしまうだろう。

美桜は隣のワゴンに並ぶ、子ども向けのデフォルメされた丸っこいフォルムの戦艦を勧める。最初は渋々といった顔で眺めていた湊だったが、その中のひとつが気に入ったらしく、大きく頷(うなず)いて手に取った。

美桜が会計をしている間も、湊はフィギュアを両手で掲げながら、ワゴンを見て回っていた。

「離れないでね。あ、ありがとうございました」

財布に釣銭をしまって振り返った美桜は、ワゴンに集まる客の間に湊の姿を探した。しかし、あの派手なキャップが見当たらない。身長九十センチほどの三歳児だから、簡単に人波に隠れてしまう。美桜は湊の名を呼びながら、ワゴンを順繰りに廻(まわ)った。

「……湊？」

胸が嫌な響きを刻む。今度は念入りに、かつ足早にワゴン付近を一周したが、やはり湊の姿はなかった。

焦りが急速に広がっていく。五月の快適な陽気なのに、じんわりと冷や汗がにじんできた。

「湊……！　どこ？」

　ワゴンを中心に広域を見回す。いない。人が多すぎる。

「湊！」

　一度大きな声を出してしまうと、もう止まらなかった。宝物のように大事にしていても、一瞬でいなくなってしまうことがある。過去にその経験をしていたのに、いつも一緒にいるからと油断してしまった。焦りばかりが募っていく。

（私のせいだ……私がもっと気をつけていれば……母親なのに。どうしよう……まさか、誘拐された⁉　ちょっとでも目を離すんじゃなかった。そんな……）

　必死の形相で湊を探す美桜に、通りすがりの家族連れが声をかけてきた。

「迷子なら、向こうにインフォメーションセンターがありますよ。行ってみたら？」

　パンフレットの場内マップを広げて場所を示してくれた女性に、ろくに礼も言えないまま美桜は保護所を目指した。

　周囲の人々は皆笑顔で、イベントを満喫している。人混みを縫って走りながら、美桜は不安で胸が締めつけられていた。足がもつれる。踏みしめる地面が歪んで、そのまま沈んでしまいそうだ。

　手を離すのではなかった。いや、せめて視界にとどめていれば――今さらそんなことを言っても遅い。母親としての自覚が不足していたのだ。子連れのイベントなんて、なによりも子どもの安全を気にかけなければいけないのに。

焦っているせいで何度も方向を間違えながら、ようやくインフォメーションセンターを見つけた。いくつかのテントが連なり、スタッフも多い。

「あっ、ママ！」

ふいに湊の声が聞こえた。

「湊……⁉」

美桜が声のした方向に顔を向けると、湊が折り畳み椅子から下りようとしているところだった。

（いた……！　無事だった、よかった……）

安堵（あんど）のあまり力が抜けそうになる足で、湊のもとへ駆け寄る。こちらに駆け出そうとする湊を男性スタッフが抱き上げた。

イベント会場内のスタッフは、ほとんどが自衛隊員のようで、それぞれ制服や作業服を身につけている。湊を抱いた長身の男性も、肩章がついた白いシャツと同色のスラックスという第二種夏制服姿だ。肩章がついているのは幹部だと、聞いたことがある。四年前に――。

湊を抱く男性隊員の横顔を見たとたん、美桜の足は止まった。

（……嘘（うそ）……⁉）

制帽から覗く髪が海風に乱れて額が隠れていたが、切れ長の目と通った鼻筋ははっきりわかる。湊になにか問いかけている口元は、下唇がわずかに厚い。四年前と同じ――周囲の景色がすべて消え去って、彼しか見えなくなり、勝手に胸が以前と同じく鼓動を高鳴らせる。押し込んでいた甘い思いが湧き上がってきそうだった。

（航……ここで会うなんて……）

いや、ここが横須賀基地であることを思えば、なんの不思議もない。むしろどこよりも遭遇の可能性が高い場所だ。

しかし幹部自衛隊員ともなれば、異動がつきものだと思っていた。今ごろは別の場所にいるのだろう、と。

美桜と海上自衛隊員の陣野航は、過去につきあっていた。当時二十二歳の美桜にとって、初めての本気の恋だった。航の積極的なアプローチで始まった交際は、半年も経たずに終わってしまったけれど。

互いに相手を強く想っている――そう思っていたのは美桜だけだったらしい。突然、航からの連絡が途絶え、それきりだった。携帯電話は通じず、そうなってしまうと、美桜からコンタクトを取る手段はなかった。

あんなに会いたくて夜毎泣き濡れていた相手が、四年も経った今、目の前にいる。美桜は息をするのも忘れて立ち尽くしていた。聞きたいことや言いたいことはたくさんあるはずなのに、言葉にならない。

航は湊を抱いたままこちらに歩み寄ってくる。間近に見ると、やはり四年の時間が過ぎたのだと感じられた。以前よりも落ち着きのある表情だ。少し痩せただろうか。美桜に向けられた微笑が記憶のままで、胸が締めつけられる。

「みなとくんの保護者の方ですか？」

（――!?）

航の第一声に、美桜は呆然とした。美桜はすぐに航だとわかった。さすがにこの距離で気づかないはずはない。四年が過ぎたと言っても、二十二歳から二十六歳に年を経ただけでわからなくなるほど変わらないだろう。

（どうして知らないふりなんかするの？）

一方的に連絡を絶った航にしてみれば、この再会は気まずいだろうと想像はつく。しかし、とぼけるなんて――そう思ったのは後のことで、このとき美桜はまだ動揺のあまり声も出なかった。

臆面もなくこちらを見る航に、美桜はふと別人だろうかと思った。他人の空似で、たまたま同じ海自にいるのか、と。そんな偶然もあるのかもしれないと思った美桜だったが、夏制服の胸元の名札が目に飛び込んできた。陣野――と、ご丁寧にローマ字表記まで添えられている。

（やっぱり、航……）

「ママぁ……」

　美桜に向けて両手を伸ばした湊を、航はそっと地面に下ろした。しがみつくように美桜のチュニックの裾を握りしめる湊をしっかりと抱きしめた。

「もぅ、湊ってば、ママ、心配したんだよ……」

　やわらかい髪が頬をくすぐり、いつもの湊のいい匂いに包まれる。発した自分の声は震えていた。

（本当によかった。あんな怖い思いは二度としたくない）

「ママがお迎えに来てくれてよかったな。泣くのを我慢してえらいぞ」

　航は湊に微笑みかけてから、そのままの表情で美桜を見た。すでに鼓動が高鳴っていたのに、さらに心臓が跳ねる。何度こんなふうに笑顔を向けられたことだろう。

「しっかりしたお子さんですね。向こうで引き渡しの書類にご記入願います」

　航はそう促すと、くるりと背を向けた。

　湊と再会できた安堵と、航の視線が逸れたことで、少しだけ美桜は落ち着きを取り戻した。とにかく今、航と四年ぶりに顔を合わせ、しかし完全に初対面の対応をされているのが現実だ。

（……そう、あくまで知らないふりをするのね）

「こちらにご住所とお名前、連絡先をお願いします。あと、本人確認書類をご提示ください」

テント下の折り畳み椅子に座り、立って見守る航の前で迷子引き渡しのプリントに書き込みながら、美桜はだんだんと腹立たしくなってきた。美桜が生涯をともにしたいと願っていた男の態度は、マニュアルどおり以外のなにものでもない。

（そりゃあ一方的に消えたんだもの、合わせる顔なんてないよね。でもそれにしたって、ひとことくらいあってもいいんじゃない？　あのときはすっごく心配したし、悲しかったし、打ちのめされた。それにこっちはずっとひとりで子育てしてきて……）

胸の奥がツキツキと痛んだけれど、泣いたりはしない。四年前ならいざ知らず、泣かずに我慢できるのは、湊だけではないのだ。

その分、じわじわと憤ってくる。あんな別れ方をしておいて、こんなふうに図らずも再会してみれば初対面のふりでやり過ごそうとする航に、ペンの動きも乱暴になった。

「ねえ、ママ。あのね――」

隣から美桜の膝に手をかけて揺らす湊に、思わずその苛立ちを向けてしまう。

「離れちゃだめって言ったでしょ！」

湊はびくっとして後ずさり、航の脚にしがみついた。湊に八つ当たりするなんて。瞬時に美桜は悔いた。湊に手を伸ばそうとするが、ふたりの姿に見入ってしまう。まさか湊と航がこんなふうに出会って触れ合っているなんて――。

「ママはすっごく心配してたんだよ。きみはママの宝物なんだからね。離れちゃだめだよ」

湊の頭を撫でて諭す航に、湊は三歳児なりに納得しようと頷いている。生まれてからずっと一緒にいたのは美桜なのに、湊はついさっき出会った航に、瞬く間に懐いてしまったようで、美桜の胸の中で複雑な思いが渦を巻いた。

「ありがとうございました。さ、湊。帰ろう」

意識して事務的に言って美桜が手を伸ばすと、湊は素直に握ってきた。

他のスタッフにも礼を言って、インフォメーションセンターを後にした。湊が何度も振り返るので、美桜も一度だけ背後に目をやると、まだこちらを見ていた航と視線が合いそうになり、慌てて正面を向いた。

「……ママ、ごめんね」

その声に視線を落とすと、つぶらな瞳が様子を窺うように美桜を見つめていた。いつも元気いっぱいの湊だが、叱られたときにはとてもしおらしく、反省もして謝ることができる。こうなってしまうと美桜は弱い。叱った自分のほうが悪かった気がしてしまうくらいに。まして先ほどは、完全に八つ当たりだった。

「うん、ママもごめん。ちょっと怒りすぎたね」

湊はにこりとして、握っていたフィギュアを、飛行機を飛ばすように高く掲げた。

「ふふ。船は飛ばないよ」

「そっか。うみにもぐる？」

「潜るのは潜水艦――」

背後から駆けてくる足音に、美桜は立ち止まって振り返った。近づいてくる航の姿に、無意識に身がまえる。先ほどは知らないふりをされて憤ったけれど、湊もいるのに今さらなにか言われても困る。

「あっ、おにいちゃん！」

美桜たちの前で立ち止まった航は、身を屈めて湊にぬいぐるみを差し出した。一見黒い魚のようなフォルムのそれは、潜水艦だ。

「湊くんにお土産」

「くれるの⁉　せんすいかんだよね？　ありがとう！」

成り行きを見守っていた美桜は、慌ててリュックから財布を取り出そうとした。

「それ、売り物ですよね。おいくらでしょう？　お支払いします」

（どういうつもりなの？）

これ以上混乱させないでほしい。

「プレゼントさせてください。船が大好きみたいだし、ママとのお出かけを楽しい思い出にしてほしいので」

航は身を起こして、お手本のような爽やかな笑顔を見せた。やはり相変わらず航は魅力的だ。もう美桜とは関係がないけれど。

「でも……」

「すみません、正直に言うと下心があります。よかったら、連絡先を教えてくれませんか？　また会いたいんです」

「――は……？」

美桜は呆気に取られて、航の顔をまじまじと見上げた。

「湊くんに聞きました。お父さんはいないって。もしフリーでしたらぜひ」

初対面のふりをするばかりか、誘ってくるなんて。ふざけているのだろうか。

美桜の視線をどう受け止めたのか、航は照れたように頬を掻いた。

（あ……今の顔――）

記憶に残る表情が目の前で再現されて、過去の航の顔が二重写しに浮かぶ。

「一目惚れかも」

胸の奥が騒いだ。もしかして自分は、航の言葉にときめいているのだろうか。

（……な、なに考えてるの、違うでしょ！　ここは「怒る」の一択じゃない！）

一瞬ふらついた己を叱責して、航への憤りを引き戻した。厚かましく言われた言葉を咀嚼するうちに、美桜の憤慨ボルテージが上昇していく。あまりに馬鹿にしている。

（航って、こんな人だった？　ううん、無責任に音信不通になるくらいだから、自分勝手なのは間違いない。でも、その相手にまたアプローチしてくるって……)

言葉も出ずに立ち尽くす美桜に、航はメモの切れ端を押しつけてきた。電話番号らしきものが書かれている。

「え? あ、ちょっと――」

「じゃあ、連絡待ってます。湊くん、またね」

「うん、またね!」

航はそう言うと、湊に軽く手を振って踵(きびす)を返した。呼び止める暇もなく、白い制服の背中が人波に紛れる。

「ママ、おふね、みにいかないの?」

どのくらい立ちつくしていたのか、美桜の手を揺らす湊の声で我に返った。

「……うん、そうだね。さっさと行こう、こんなとこ」

気を取り直そうとしても、なかなか腹立たしさが収まらない。歩き出して湊と言葉を交わしながらも、頭の中では航の姿や言葉が浮かんでは消える。そのたびに、美桜の心は揺さぶられた。

(まだ好きと言われるのも腹立たしいけど、よりによって一目惚れなんて……よくもまあぬけぬけと……)

航の表情からは、美桜に対する後ろめたさなど露ほども感じられなかった。自分がなにをしたか、忘れたわけでもないだろうに。

一方的に連絡を絶たれ、それでも美桜は、長い間航に会いたいと願っていた。会いにきてほしいと。

ようやくその気持ちを封じ込められるようになったのに、なぜ今ごろになって現れたのだろう。

航のほうから振っておきながら、今さらよりを戻したいとでも言うのだろうか。

あんなふうに迫られて、美桜がなびくと思っているなら、見下げ果てた男だ。誰が思いどおりになるものか。

(いったいなにを考えてるんだろう……知らないふりなんて通ると思ってるの？　三歳児相手じゃないのよ？　雑すぎる)

それで押せると思っているなら、馬鹿にしている。

それにしても変だ。知らないふりをする理由も目的もわからない。仮によりを戻したいと思ったとして、先に謝るほうが脈があるのがふつうだろう。

(……なんなのよ、もうっ……)

コケにされたような憤りと、航に対する不信感でいっぱいなのに、一番腹が立つのは航の笑顔にときめいてしまった自分だ。心の奥が複雑に疼く。

会いたかったのはずっと前のことだ。今はもう、湊とふたりで生きていくと決めたはずだ。

1

四年前――。

製菓専門学校を卒業した美桜は、横浜に本店を置くパティスリー『Ｍｉａｍ』に勤めて、三度目の春を迎えようとしていた。まだまだ下積みだが、最近はマドレーヌやフィナンシェなどの焼き菓子を任されるようになってきた。

「誰か手空いてるかな？　配達頼みたいんだけど」

チーフの声に、美桜は厨房の戸口を振り返って手を挙げる。

「はい！　私行けます！」

ちょうどフィナンシェが焼き上がったところだ。今日は格別にいい焼き上がりだったので気分がよく、おつかいくらい率先して行ける。

配達先は徒歩で十分ほどのカルチャーセンターだ。職員の歓送迎会があるらしい。三月も終わろうというのに、その日は雪が降っていた。

「あー、やんだみたいだけど、足元気をつけてね」

「だいじょうぶです。万が一のことがあっても、ケーキは死守しますから」

イチゴのタルトとチーズスフレを十個ずつ詰めた箱を、ショッパーに入れて両手に持った。極力水平を保たなければならない。

店舗の裏口を出た美桜は、冷えた空気に肩を竦めた。五センチほど積もった雪にスニーカーの爪先が埋まりじわりと濡れる。ダウンコートだけでなく、長靴も履いてくればよかった。

表通りに回ると、ふだんよりは少ないが人が行き交っていて、路面はシャーベット状の雪で覆われていた。

(うわ、思った以上に危ないかも……慎重に、かつ迅速に――)

そう自分に言い聞かせて、注意深く歩を進めていたつもりだったが、ビルの間を吹き抜けてきた強い風にショッパーが煽られて、気を取られた。

「あっ……!」

その一瞬に足が滑り、美桜は転倒を覚悟する。ケーキの在庫はあるだろうかとか、配達に遅れてしまうとか、いろんなことが頭の中を駆け抜け――背後から両腕を掴まれて引き戻され、目を瞠った。

(なに……?)

その後すぐ、美桜のそばで男性が派手に片膝をついた。灰色のシャーベットになった雪が、デニムの膝を汚す。美桜のほうはすでに体勢を立て直している。ケーキもおそらく無事だろう。

「すみません、私のせいで……だいじょうぶですか？」

男性は片手を振りながら立ち上がった。背が高い。デニムをまとった脚が目を瞠るほど長くて、だからこそ濡れた膝が目立つ。

「いや、そっちこそだいじょうぶ？　上手く引き戻したつもりだったんだけど、勢い余ってこれだ。カッコ悪いな」

乱れた前髪を掻き上げて、美桜を見下ろす。

（……わ、イケメン！）

二十代後半だろうか。切れ長の目と真っ直ぐな鼻梁、引き締まった口元に見惚れかけ、はっとしてかぶりを振った。

「そんなこと！　本当に助かりました。ありがとうございます。クリーニング代を――あっ、お財布持ってない。すみません、向こうの『Ｍｉａｍ』っていう洋菓子店までご足労願えませんか？　えっと、配達の途中なのでお待たせしてしまうかもですが――」

あたふたする美桜に、男性は口元を緩めた。男っぽく整った貌が、親しみやすい笑顔に変わって、美桜はまた目を奪われる。

「いや、そんなのいいよ。洗えば落ちるだろ」

「でも――」

　何度か押し問答をして、美桜はスマートフォンを取り出した。

「連絡先を教えもらえますか？　後でお詫びとお礼をさせてください」

　そのときは単純にそれだけのつもりで、自分から無料通話アプリのアカウントを交換した。下心なんてない。彼ほどのイケメンなら、きっと彼女がいるだろう。

　数日後、ＳＮＳアプリ経由で返信があり、美桜の終業後、職場近くのカフェで待ち合わせた。そのときに、彼――陣野航が海自の隊員だと知った。姿勢のよさやキレのある動きに納得する。

　美桜も改めて新米パティシエだと自己紹介し、持参した焼き菓子をプレゼントしたが、困ったような笑みを浮かべたところから察して、甘いものは得意でなさそうだ。

「甘くないクッキーなんです、ちょっと塩味で。チーズとかオニオンとか……おつまみにもなると思います」

　彼の好みがわからなかったので、念のためにソルト系にしておいてよかった。

「珍しいね。じゃあ、ありがたく――感想を伝えたいな。また会ってくれる？」

　これきりだと思っていたのにそう言われ、美桜は戸惑った。

「あの……それはどういう――」

「あのときとっさに助けられたのは、きみに目を引かれてずっと見てたからなんだ」

　まさかの告白に驚き狼狽えながらも、美桜は小さく頷いた。

初めての本格的なデートは、夜桜見物だった。ぼんぼりでライトアップされた大岡川沿いのプロムナードを、肩を並べて歩いた。

名所ということもあって見物客が多く、ともすればふたりの間を人がすり抜けていく。それくらい遠慮がちな距離を取っていたということでもあるのだが、やがて航は美桜の手を握った。

「迷子にならないように——って口実で」

照れたように微笑む航に、美桜も笑みを返す。

（ああ、こんなことなら今日は休みを取って、ちゃんとオシャレして来るんだったな）

ふだんよりもフェミニンな服装で出勤した美桜に、目敏く気づいた同僚たちから冷やかされはしたけれど、それもまた嬉し恥ずかしだった。なにしろ本格的な彼氏は航が初めてだ。

「きれい……間に合ってよかったですね」

年度初めは互いに仕事が忙しく、ぎりぎりで花見に滑り込んだという具合だ。舞い落ちる花びらが、初めてのデートを幻想的に演出してくれる。

美桜が同意を得ようと隣を見ると、航は美桜を見つめていた。先ほどから何度も視線を感じていたのだが、やはり見られていたのだと知って、美桜は視線を泳がせる。

「……桜、見ましょうよ……」

「見てるよ、さっきからずっと。美桜から目が離せない」

名前負けしているという意識は物心ついたときからあったので、こんなふうに面映ゆくもときめくような心地になるのが不思議だ。

「そろそろ誕生日？」

「あ、先月なんです。うちの親がフライング気味で。二十二になりました」

「ええっ、そうなんだ……じゃあ、来年は盛大に祝うから」

（来年も一緒ってこと⁉　なんか、照れる……）

甘い約束をされて、顔を赤らめて頷いた。

その後もデートを重ねるうちに、どんどん好きになっていくのを感じた。

本気の恋をしている――そう実感するのに時間はかからなかった。航からは好意と熱意を惜しみなく向けられていたし、美桜もまた同じ気持ちを返した。

航に出会えたことは人生で最大の幸運だった。それを今日まで繋げてくれた行動力に感謝している。航からアプローチしてくれなかったら、今の幸せはなかった。

その日は昼間からデートの約束をしていたが、航から早朝に連絡が入り、急な仕事で予定がキャンセルになった。がっかりはしたけれど、これまでの間に航が海自の職務にひたむきなのは知っていたし、国と民を守る仕事をしているのだ。謝る航に「気にしないで。次に会えるのを楽しみにしてる」と答えた。

（……さて、時間空いちゃったな。どうしよう？）

出かけるのも、航が一緒でなければつまらないと思ってしまう。

航が仕事をしているなら、自分も材料を買ってきてケーキ作りでもしよう。航が食べられそうなケーキを考えていて、挑戦してみたかったのだ。

ウィークエンド・シトロンというレモン風味のパウンドケーキがある。アイシングでコーティングするのでそれなりに甘いのだが、極限までレモン果汁を増量して、焼き上がったケーキにも果汁を染み込ませる試みだ。

狭いアパートの一室ではあるけれど、なるべくキッチンが広いことを第一条件に探したので、自宅でもよく菓子作りをしている。欲を言えば、ガスオーブンを置きたかった。

焼き上がったケーキを冷ましてから、無糖で煮つめたジェル状のレモンを塗り、さらにレモンアイシングをかける。

乾くのを待って、端を切り落として味見をした。

「すっぱ……でも、アリだな」

不快な酸味ではなく爽やかだ。これなら航も食べられるかもしれない。とりあえず明日職場に持っていって、スタッフの意見も聞いてみようと思っていたとき、スマートフォンが鳴った。航からだ。

『今、仕事が終わったんだけど、これから少しでも会えないかな？　横浜まで行くから』

すでに日は暮れていて、横須賀からここまでは有料道路を使っても一時間近くかかる。仕事終わりにそれは申しわけないと思いながらも、会いたいと思ってくれる気持ちが嬉しい。そして、美桜も航に会いたい。

「……じゃあ、よかったらうちに来ない？　ちょうどケーキを焼いたの」

航はケーキという単語に一瞬詰まったようだったが、すぐに『行く』と返した。

きっかり一時間後、アパートのチャイムが鳴った。

「早……飛ばしてきたんじゃない？」

「安全運転の範囲で」

アパートの階段を駆け上がってきたのか、かすかに息が上がっている。

美桜が招き入れると、航は興味深げに室内を見回した。何度かアパートの前までは送ってもらったことがあるけれど、室内に入れたのは初めてだ。

「夕食は済んだんだよね？　お茶淹れるから座ってて」

美桜が紅茶とケーキをテーブルに並べると、航はちょっと困ったような笑みを浮かべた。

「ええと……」

「ふふ。わかってる。甘いものは苦手なんだよね。航にも食べられそうなレシピで作ってみだ。

たの。味見だけしてみて？」

嫌なものを無理に食べさせたいわけではないが、ついパティシエ魂が刺激されてしまうの

「うん、じゃあいただきます」

航は小さめのひと口を味わって、目を瞠る。

「甘い……けど、すっきりっていうか。これ、美味い！」

「ウィークエンド・シトロンっていうの。本来よりもかなり酸味を強めたアレンジだから、甘いものが苦手でも食べられるかと思って。あ、でも無理しないでね」

航は微笑みながらかぶりを振った。

「全然いけるよ。いや、美味い。基本のレシピとは違うんだろ？　それでここまでのものを作るなんて」

「実はけっこう試行錯誤したの。何度も失敗して、でも絶対ものにしたくて」

そう答えた美桜に、航は頷く。

「そういう努力家なところ、尊敬する。美桜が俺のことを考えて作ってくれたと思うと、なおさらだ。これが俺の生涯でナンバーワンのケーキだな」

「大げさだってば」

皿を空にした航は、今さら気づいたかのように首を傾げた。

「美桜は？　食べないの？」

「味見でひと切れ食べちゃったから。仕事でも毎日のように食べてるから、節制しないと」

ふいに航の手が伸びて、美桜の肩を引き寄せた。顔が近づく。

「お裾分け」

唇が重なり、舌が触れ合うと、レモンの味がした。まだキスに慣れなくて、美桜は固まってしまう。それが航の舌でゆっくりと蕩かされていく。まるで自分がソルベにでもなった気分だ。

「あ……」

身体を支えていた片腕が崩れて、美桜は反転しながら包み込まれるように抱き止められた。航が上から覗き込んでくる。

「泊まってってもいい？　そろそろ我慢の限界なんだ」

逆光でほとんど表情はわからなかったけれど、視線の強さと、静かながら真剣な声音に、美桜の鼓動は高鳴った。

部屋に招いたときから、可能性は頭にあったのだ。それでもいいと思っていたから誘った。いや、期待していたのかもしれない。

最初から積極的だった航が、最近そうでもなくなったような気がして、少なからず気になっていた。キス以上に進展しないのは、美桜の魅力不足なのだろうか、とか。

しかし航は、恋愛に不慣れな美桜の気持ちが追いつくのを待っていてくれたのだと知って、ますます彼のことが好きになった。

美桜にとって、航が唯一で最愛だ。この先も、彼以外を好きになることはないと思う。航にとってもそんな存在でありたい。ずっと一緒に生きていきたい。

美桜はそっと手を伸ばし、航の頬に触れた。

「泊まっていって……」

ローチェストで区切られた部屋の奥には、シングルベッドがある。二人分の重みを受けて、マットが深く沈んだ。

上に重なってきた航は、美桜に体重をかけないようにして、そっと唇で触れ始める。首筋を吸われながら、長袖Tシャツを捲り上げられ、美桜はびくりとした。

「嫌？」

そんなことは絶対にない。けれどそう答える余裕もなくて、かぶりを振った。

再びキスに酔わされながら、露わになった胸をまさぐる航の指を感じる。小さいとかがっかりされないかと気にしたのも最初だけで、甘やかな刺激に意識を奪われた。つんと尖った乳頭を指の腹で掠めるように撫でられ、こらえきれずに呻きが洩れる。自分らしくなく、ずいぶんと甘えたような声だ。

「あ、あっ……」

ブラジャーごとTシャツを抜き取られ、気づけば航の唇が乳房に触れていた。掬い上げるように先端を舐められ、肌が粟立つ。唇で食まれた後、吸い上げられて、奥歯が疼く。初めてなのに、たしかに快感を覚えているのが不思議でもあり、航に応えられているようで嬉しくもあった。

好きという気持ちが溢れ、それを少しでも伝えたくて、航の肩に両手を伸ばす。もう一方の乳房を揉んでいた手が徐々に下がって、ルームパンツのウエストを潜った。ショーツの上から秘所をなぞられて、美桜は思わず声を上げる。航は一瞬動きを止めたが、すぐに確かめるように強くそこをまさぐった。

「嫌じゃないよな？」

「……でも……」

恥ずかしい。航の愛撫に、自分の身体が反応しているのに気づいたから――口に出して言えるはずもなかったけれど、航は察したようで小さく笑う。

「夢中なのは俺だけじゃないってわかって、むしろ嬉しいんだけど？」

美桜の腰を抱くようにして、するりと着衣を脱がせてしまう手際に、ふと航の過去を想像してしまう。二十七歳にもなればそれなりに、いや、モテるに違いないだろう航だから、当たり前なのかもしれないけれど、ちょっと妬ける。

美桜が見つめていると、航は首を傾げた。

「なに？」

「……航も私しか知らなければいいのに」

「他は忘れた。それに、これからは美桜だけだよ」

航は美桜の膝を開きながら、間に身体を割り込ませてきた。気づいたときには航の前髪が下腹を滑り、続いて熱い吐息が秘所に染みる。

「あっ……」

羞恥のあまりに上げた声が、途中で甘く掠れた。唇と舌で施される刺激は甘美すぎて、たちまち美桜を溺れさせた。花蕾を舌先で撫で回されると、無意識に腰が震えてしまう。その振動がさらに快感を呼んで、美桜は航の髪を握りしめて達した。

大きく上下する胸に航の手が伸びる。余韻に硬く尖った乳頭をつままれ、疼痛に喘ぐ。Tシャツを脱ぎ、蹴り飛ばすようにデニムも脱ぎ捨てた航が、美桜に重なってきた。

「……んっ、う……」

狼狽えるほど大きく開かされた脚の中心に、熱く硬いものが押し当てられ、少しずつ美桜を侵食していく。痛みよりもその圧倒的な質量に慄いて、美桜は航にしがみついた。

「……だいじょうぶ？」

小さく息をついた航は、美桜の頬を手で包んで見下ろしてきた。気づかってくれているのを感じながら、双眸の奥にこれまで見たことがないような色気を認めて、美桜の胸が騒ぐ。

こんな表情をさせているのが自分なら――。

「平気。ずっとこうしていたいくらい」

「また、そんなことを言う。抑えがきかなくなったらどうするんだ。優しくしたいのに」

「優しいじゃない――あっ……」

　ゆっくりと動き出した航に、美桜の身体もつられて揺れて、結ばれているのだと実感する。

　初めての行為に戸惑いと拭いきれない羞恥を抱く美桜の胸を、大きな手が揉みしだいた。

　指に挟まれた乳頭がキュッと硬くなって、航は大きな背中を丸めるようにしてそこに舌を伸ばす。擽（くすぐ）るようにちろちろと舐められ、美桜は仰け反った。中のものが存在感を増して、思わず声が洩れた。

「こっちもだ」

　囁（ささや）き声に目を開けて航を見上げると、口端が上がっている。

「な、なにが……？　あっ……」

　乳頭を指の腹で擦り合わされて、美桜は喘いだ。

「ここもすごく硬くなってるけど――」

「あっ、あっ……」

　先端を指で弾くように弄びながら、航は腰を回す。

「こっちも締めつけてくるんだよ」

「……いやっ、そんな──」

思いもよらない指摘に美桜は頬を赤らめて顔を背けたが、包むように抱きしめられて、耳朶にくちづけられた。

「感じてくれてるからだろう？　美桜はすてきだ。可愛いよ」

（……そんなふうに言われたら……）

胸が高鳴ってくるのは、美桜がどんな反応をしても航が肯定してくれるとわかったからだろうか。この先、美桜が恥ずかしいほど乱れてしまっても、きっと航は笑ったり眉を顰めたりしない──そんな安心感が、美桜から最後の緊張感を消していった。

動くたびに交接音が響く。ふたり分の重みを支えて、ベッドも軋んだ。もうそれらも気にならなくなって、美桜は感じるままに応えた。

「美桜、好きだ……愛してる」

「私、もっ……」

本当に不思議なくらい、航のことが好きでたまらない。パティシエという目標の前には、恋愛に向ける余力などなかったし、それでいいと思っていたのに、こんな大恋愛が待っていたなんて。

自分でも触れたことがない身体の中を、航のもので思いきり擦り回されて、美桜はかぶりを振り続けた。痛みとも快感とも判別がつかない疼きが、どんどん膨らんでいく。

ふいに深く突き上げられて、美桜は声を上げた。

「ごめん、夢中になりすぎた」

初めてで自分からはなにもできないのに、それでも航が夢中だと言ってくれるのが嬉しくて、美桜はかぶりを振った。

「いい、もっとして」

（もっと夢中になって。私はとっくにあなたに夢中なんだから――）

航は美桜の膝を押し上げ、もっと入り込もうとするかのように腰を進めてくる。航の動きに合わせて、美桜の下肢は大きく揺れた。

隙間もないほど埋めつくされたと思っていたのに、今やなめらかに行き来する航のものは美桜の中を擦り立てて、これまで知らなかった感覚を呼び覚ます。

（……すごい。なに、これ……どうなっちゃうの……？）

硬い筋肉が盛り上がった肩にしがみついて、翻弄される悦びに溺れた。激しくなる息づかいに航の快感が伝わってきて、美桜の心も昂（たか）ぶっていく。それにつられたかのように、航を受け入れた場所が痺（しび）れたように熱を帯びた。

「……や、あっ……な、なんだか……」

「うん、すごく絡みついてくる」

「言わ、ないでっ……」

初めてなのにもうこんなになっているなんて、という戸惑いと恥ずかしさも、航が嬉しそうにキスしてくれたことで霧散していく。

（そうだ。好きだから――）

航の腰に脚を絡ませて、美桜は絶頂へのきざはしを駆け上がっていった。

「よし！　今日もいい日！」

朝、起きて自然に声が出る。

梅雨の雨や蒸し暑い曇天が続いても、美桜の心は快晴だった。バラ色の人生なんて装飾過多な言い回しだと思っていたのに、まさにそう例えられる。今、デコレーションケーキを作ったら、クリームをピンクにしてしまいそうだ。

肌を合わせて以降、航はますます優しく、美桜に対する愛情をストレートに示してくれる。美桜もまた応えたいと、いや、考えずとも航中心の生活になっていた。もちろん仕事には真剣に取り組んでいて、むしろ以前よりも張り合いが増した。

（ぜんぶ、うまくいってる気がする）

余暇のほとんどを一緒に過ごしていたと思う。中でも印象的だったのは、横須賀基地の海自イベントを訪れたことだ。

航は勤務に当たっていたので、ひとりで基地に足を踏み入れた。初めて訪れたそこは果てしなく広く、すべてが大きく見えた。

航は防衛大を卒業した幹部で、二十七歳の今は一尉という階級だという。そして水上艦艇ではなく、潜水艦に乗務しているらしい。詳しいことは言えなくて、と航は申しわけなさそうにしていたけれど、美桜もこれまでは海自に限らず自衛隊について無知だったので、質問自体が浮かばない。職場でイベントに行く話をしたときに、同僚から「海自の航空機乗りと潜水艦乗りはエリートだよ」と聞いて、海自にパイロットもいるのかと知った程度だ。

地上勤務よりも危険があることはたしかだろうから、無事に務めてくれることを祈るばかりだ。

入場客を楽しませることに終始したイベントは賑やかで明るく、ことに音楽隊のマーチング演奏は素晴らしく、美桜は立ち止まってずっと聞き入っていた。

会場には隊員の家族も多く、作業服姿の父親に肩車されてはしゃぐ小さな子どもと、それに寄り添う笑顔の母親の姿に、美桜は憧れの目を向けてしまう。

（いつか……私たちもあんなふうになれたら……）

ふいに肩を叩かれ、美桜は振り返った。そして目を見開く。

立っていたのは航だったが、第一種夏制服と言われる詰襟の白い上下に帽子を被っていた。

有名なハリウッド映画で見たことがあるけれど、非日常的だ。しかし、長身でイケメンの航が身にまとっていると、なんてすてきなんだろう。

「……びっくりした。すごくカッコいい……」

「マジで？　コスプレっぽくない？」

そう答えるわりにはまんざらでもないらしく、航は帽子のつばに手を添えてポーズを取る。

「ほんとにカッコいいよ。王子さまみたい」

「美桜専属の王子ってことで」

航は美桜が目線を向けていたほうを見やる。

「なに見てたの？　子ども好きなんだ？　美桜の子だったら可愛いだろうな」

（ど、どういう意味⁉）

さっき考えていたことを見透かされたみたいで心臓が跳ねる。

「休憩時間だから、少し歩こうか」

（私は、航の子だったら絶対カッコいい、って思うな）

並んで歩きながらも、美桜は気づけば航の姿を見つめていた。それに気づいて、航は微笑んで耳打ちした。

「海自では結婚式でこの格好する人が多いんだよ。ほら、こうやって腕を組んで――」

会場内を巡りながら、まるで舞踏会でエスコートされているシンデレラの気分だった。

【来週の水木、俺も休み取れたから、外泊できる用意してきて】

そんなメッセージを航からもらって、美桜は当日を楽しみに仕事に励んだ。外泊は初めてではないが、どこに行くかも教えてくれないのは初めてだ。

ただ、「高級レストランでもだいじょうぶな格好をしてきて」とだけ言われた。なんとなく今回は特別なことが待っている予感がする。

『海自では結婚式でこの格好する人が多いんだよ』

イベントでそう囁いた航の声が、頭をよぎった。

(もしかしたらプロポーズ？　まさか、気が早すぎるよね。一応、いつも以上にオシャレをしていこうかな。航が気に入ってくれたウィークエンド・シトロンを焼いて持っていくのもいいかも)

当日、美桜は待ち合わせ場所のコーヒーショップに、十五分も早く着いた。下ろしたてのワンピースは、今日のデートが決まってから買い求めたものだ。ふわりとしたシフォンの袖には、小花のモチーフがちりばめられている。

(これならどんなお店でもＯＫだし……航はなに着てくるのかな？　一度だけスーツ姿を見

たけど、あれも似合ってたな……。航はなんでも似合うんだよね）

そんなことを思いながら、たびたび入口のほうに目を向ける。すでに約束の時間を過ぎていて、美桜は何度目かのスマートフォン画面に目を落とした。

航は基本的に時間に正確で、遅れる場合でも早めに連絡をくれる。しかし今日は、ひと言も送ってこない。

美桜はアプリを開いて、メッセージを打ち込んだ。

【何時ごろ着きそう？】

気を紛らわせようと、ショッピングサイトを開いてみるが、ＳＮＳアプリの反応が気になってしかたなく戻る。十分経ってもメッセージはなく、既読もつかない。

航らしくない状況に、美桜は次第に不安を感じ始めた。なにかアクシデントでもあったのだろうか。

（まさか事故？　……ううん、そんな悪いほうに考えるものじゃないわ。きっともうすぐ来るに決まってる。息を切らせて、申しわけなさそうに駆け寄ってくる――）

しかし変化は訪れず、美桜は二杯目のアイスティーを注文しに行った。

――二時間待っても航は現れなくて、美桜は上の空で自宅アパートに帰り着いた。途中でその旨を追加送信したが、それにも反応はない。

翌日も状況は変わらず、美桜は思いきって電話をかけてみた。「電源が入っていないか、電波の届かない――というメッセージが流れてきて、ため息とともに通話を終える。

もしかしたら、急な出動になったのだろうか。乗艦するとスマートフォンは使えないと聞いている。しかしそうだとしても、ひと言も告げる暇がなかったとは考えられない。

出勤したものの、美桜の様子は明らかにおかしかったらしく、先輩や同僚に心配された。実際、胃もたれのような不快感が続いていて、食事が喉を通らない。

休憩時間に控室でソファに背を預け、スマートフォンのＳＮＳアプリを開く。画面に変化はない。

（どうしたの、航……）

スマートフォンを伏せてテーブルに置き、代わりにエナジーゼリーの容器を手に取った。食欲がなくてもこれくらいなら食べられるだろうと思ったのに、グレープフルーツの香りを嗅いだとたん、吐き気が込み上げた。

そういえば生理が遅れている。心当たりはあった。まったく避妊していなかったわけではないけれど、その場の流れで、ということもあった。どちらからともなく自然に任せるというか、妊娠したとしても喜んで次のステップに進むつもりでいた。少なくとも美桜は、そう考えていた。そのくらい、自分たちは深く繋がっていると思っていたのだ。

妊娠が事実なら、航と連絡がつかないままにはしておけない。しかしメッセージも電話も通じない以上、どうしたらいいのか。

職場に連絡するにも、どこに問い合わせればいいのだろう。それに家族でもない美桜が相手では、航にまで繋げてもらえないだろう。

住まいは横須賀基地内の幹部宿舎だと聞いていた。美桜が押しかけられる場所ではない。

（あんなに深く繋がっていたのに、こんな、どうしているかもわからなくなるなんて……）

正直、お手上げだ。美桜にできるのは、航からの連絡を待つことだけだ。

きっとなにかやむにやまれぬ事情があって、この状況なのだろう。航が意図的に美桜に会おうとしないとは考えたくない。そんな気配は微塵（みじん）も感じられなかったし、万が一美桜を避けるとしても、こんな逃げるような真似をするとは考えられない。美桜が愛した航は、そんな男ではない――はずだ。

妊娠検査薬で陽性反応があり、初めて産婦人科を受診して正式に妊娠が判明してから、美桜は何日も考えて結論を出した。

航を待ちながら子どもを産む――。

美桜は航を信じているし、その彼との間に授かった命を育むことには、この先なにがあっても後悔しないと思えた。

2

基地イベントの帰りにファミレスで夕食をとりアパートに帰ると、湊は美桜の添い寝でご機嫌のまま眠りに就いた。

いい夢を見ているのか、穏やかに微笑んでいるようにも見える。

こうやって寝顔を見ているときが一番幸せだ。

寝息を立てる湊の手から、艦艇のフィギュアと潜水艦のぬいぐるみを美桜はそっと取り上げて棚に置いた。

隣の部屋に戻ってローテーブルの前に座り込み、両手で頭を抱えて深いため息を洩らす。

(どうして今ごろになって……)

自分の息子とは知らず湊を抱いた航を見たとき、息が止まるかと思った。

ひと言もなく突然美桜の前から消えて、もう四年だ。悲しみと不安に突き落とされ、心細さの中で湊を産んで、それでも一縷(いちる)の望みにすがるように航を信じ——ようやく踏ん切りをつけて、母子ふたりの人生を歩んでいるというのに。

チュニックのポケットを探り、航に渡されたメモの切れ端を取り出す。書かれているのは陣野航というフルネームと、見覚えのない電話番号。

(番号が変わってる)

あのころ、何度となく電話をかけて、けれど繋がらなくて、ついに登録を消去したのはいつのことだっただろう。それが航との決別の決心でもあったのだけれど、皮肉なことに番号はまだ憶えている。

妊娠してから、美桜はまず職場の上司に相談した。出産前後は休まざるを得ないが、仕事を続けたかった。

ちょうどそのころ全店舗合同のコンテストがあり、美桜が出品したウィークエンド・シトロンが若手には珍しく賞を取った。それが評価されて仕事を続けられることになり、産休後は横須賀店に異動が決まった。

ちなみに、のちにウィークエンド・シトロンは横須賀店限定として商品化され、美桜は異例のチーフ抜擢(ばってき)されることになる。

悪阻(おそ)が収まったころを見計らって郷里に向かい、父にシングルマザーとして出産すると打ち明けたが、猛反対の末に絶縁された。妻を亡くしてから男手ひとつで子育てをしてきた父にしてみれば、許しがたいことだったのだろう。

しかし美桜の決心は揺らがなかった。すでに胎動を感じていて、今さら産まない選択などありえなかったのだ。

孤立した美桜に手を差し伸べてくれたのは、八歳上の姉の彩葵だった。有名大学から一流企業へと進んだキャリアウーマンだが、美桜の状況を知ると全方面からのフォローを買って出てくれた。

産前産後に彩葵がいてくれなかったら、どうなっていたかわからない。出産は美桜が覚悟していた以上に過酷なものだった。ただ、生まれてきた湊が美桜の指を強く握ったとき、幸せで嬉し涙が溢れてきて止まらなくなった。

彩葵は美桜の産休が終わるのと前後して転勤になり、不憫ではあったけれど赤ん坊の湊を保育園に預けて仕事に復帰した。

振り返っても記憶がおぼろな一年が過ぎ、どうにか母子の生活が軌道に乗ったと思い始めたころ、同時に美桜は航への気持ちにけりをつけたように思う。もう過去には戻れない、流行り病のように通り過ぎた恋だったのだ。ただ、湊を授けてくれたことにだけは感謝している。産んだことに後悔はない。

それなのに——。

航はまるで初めて会ったような態度で、過去の一切に触れなかった。ずっと何度も考えているけれど、いくらなんでも美桜を忘れたなんてあるだろうか。

（そりゃあ……四年分老けたけど、名前だって目の前で書いたし、なにひとつピンとこない

なんて考えられないんだけど）

一方的な別れを気まずく思って、知らぬふりをしたというならまだわからなくもない。しかし航は初対面のふりを貫きつつ、あろうことか美桜にアプローチしてきたのだ。

（……馬鹿にされている気がする）

どこからどう見ても航に違いないのに、言動はまるで別人だ。

（……なにか理由があるのかな。ううん、そうだとしてもひと言もなしに連絡がなくなったんだもの。私の見る目なんて、当てにならなかったってことだよね）

自嘲するように唇を歪めた美桜は、隣室を隔てる襖を振り返った。もう会うべきでないと思う。だけど、湊が彼の子どもであることを隠したままでいいのかわからない。勝手に産んで、勝手にふたりで生きると決めたけれど、彼には知る権利があるのではないか。

（でも、もし、湊を引き取りたいなんて言ってきたら……？）

航が湊に対してどういう態度を取ってくるのかを考えると怖い。

（とりあえず彼の様子を窺ってみるしかないかも……）

二日迷って、その夜湊を寝かしつけてから、美桜はメモの番号に電話をかけた。

『陣野です』

コール二回で通話に変わり、美桜は慌てた。

「あ、あの――」

『美桜さんですね？　かけてくれてありがとう』

　二十時過ぎとは思えない、早朝のように爽やかな声音は、喜びに弾んでいるように聞こえた。雪道で美桜を助けてくれたときの笑顔が脳裏に浮かんできて、甘い記憶に引きずられそうになる。胸がきゅうんと絞られて疼く。

（……ちょっと待って。彼は私を捨てたのよ）

　少し懐かしく思ってしまっただけだと、美桜は自分を叱咤した。その間も航は、元気だったかとか、今日は仕事だったのかとか、会話を進める。

『電話じゃなくて、会ってゆっくり話したいな。今度食事でもどうですか？　都合を教えてください』

「待ってください。私には子どもがいるんです」

　慌ててそう言うと、航はおかしそうに笑った。

『知ってますよ、先に湊くんに会ったんだから。でもフリーなんですよね？　俺的にはそれで無問題だと思うんですけど。湊くんは可愛いし』

（本気なの……？）

　本当に美桜にアプローチしているのだろうか。まさか、湊が自分の子どもではないかと疑っている？

　もしかして、これが航なりのやり直しの仕方なのだろうか。美桜とよりを戻したくて、ごまかせるはずもない出会いを演出している？　いや、そうだとしたらあまりにも無計画ででてきとうだ。だいたいそんなやり方をして、美桜がなびくと思うだろうか。現にドン引きしている。

（そんなに簡単な女だと思われてるのかな……）

怒りたいのか悲しいのか、自分でもわからない。

知りたいことはたくさんあるのに、混乱して言葉にならず黙っていると、航の声音が変わった。

『忙しいんですか？』

「お互い仕事がありますし。陣野さんこそ忙しいんじゃ――」

『以前は目が回るような日々でしたけど、今はそれほどでもありません。事故で負傷してから、大目に見てくれてるみたいです』

やんわりと断りを告げたつもりが、思いがけない返しに美桜はぎょっとした。

「えっ？　だいじょうぶなんですか？」

『もうすっかり、と言いたいところですが、ちょっと記憶が飛んでて』

（……だから私を憶えてないの？）

「……それっていつごろのことですか？」

『もう四年になるかな』

それが事実なら、美桜は航に捨てられたわけではなかったのかもしれない。しかし忘れられてしまったということは、美桜はその程度の存在でしかなかったのか。あんなに愛し合っていると思っていたのに——。

『横浜に「ディオサ」っていうスパニッシュバルがあるんです。生ハムも美味いし、パエリアもイケますよ。どうですか？』

店の名前を聞いて、美桜の胸は小さく震えた。『ディオサ』は初デートで連れていってもらった店だ。単純に航の行きつけの店なのかもしれないけれど、そこからやり直したいと、航が無意識に思っているような気がした。記憶をなくしてしまっても、再会した美桜になにかを感じてアプローチしているのだとしたら——。

「……知ってます。でも、子連れで行くような店じゃないので」

深くは関わらないのが賢明だと、拒否を匂わせたつもりだったけれど、航は単純に子ども向けではないからだと思ったようだ。

『あ、そうか、すみません。じゃあ気楽なお店を考えておくので、日にちだけ決めましょうか。いつにします？』

断りたいのにと思うその一方で、そうするのが躊躇（ためら）われる。

（私、きっとほんの少しだけど再会を喜んでいるんだ……）

けっきょく美桜は、仕事終わりに湊を保育園に迎えに行ってからの時刻を指定した。それなら湊の就寝時間を理由に、短時間で引き上げられる。

『わかりました。じゃあその時間に迎えに行きます』

アパートから近い場所を指定し、電話を切る。

航が記憶喪失になって連絡が途絶え、今また美桜に惹かれてアプローチしているのなら、変に疑う必要はないのかもしれない。

(でも、湊のことは……話さなきゃいけないと思うけど、すぐには無理……)

彼の様子を窺うためと自分に言いわけしながらも、四年越しに動き始めた航との関係に昂ぶる気持ちは抑えきれなかった。


その日、美桜は保育園に湊を迎えに行った。

「ママ、ただいまー！　おなかすいた。ごはんなに？」

湊は美桜の手を握って笑顔を向けてくる。朝ごはんは時間の余裕がなく急かしながら食べるので、その日保育園であったことなどを話しながら食べる夕飯を、湊は毎日楽しみにしてくれている。

「今日はお外でごはんだよ」

「えっ、どこで？　ガイショクだね、やったー！」

「まだわからないんだ。あの、さ……海自のイベントで会ったお兄ちゃん憶えてる？　連れてってくれるんだって」

「ほんと⁉　せんすいかんもっていかなきゃ」

湊は目を輝かせ、ピョンピョンと飛び跳ねて喜びを表した。

アパートに着くと、すでに路肩に車が停まっていて、運転席から航が手を振るのが見えた。

「あっ、おにいちゃん！」

美桜の手を振り切って走り出した湊を、車から降りた航は両手を広げて抱き止めた。

「ママと手を繋いでないと、また迷子になるよ。こんにちは、湊くん」

「こんにちは！　あ、えっと、このまえはありがとうございました！」

「どういたしまして。——早く着いちゃったので、アパート前まで迎えにきてしまいました。湊くんが疲れているんじゃないかなと思いまして。実は、先日迷子の書類に書かれた住所を憶えていたんです」

湊の頭を撫でながら、航は美桜に向かってはにかんだように微笑んだ。

顔を見ると、やはり胸が騒いでしまう。こんなふうに迎えに来てくれたことが、何回あったことか。

「これにのるの？　カッコいいくるまだね」

興味津々の湊に、航は後部ドアを開けてみせた。そこにはチャイルドシートが取りつけられていて、思いがけない気づかいに美桜は航を見直した。

「ありがとうございます、用意してもらって」

「規則ですから。慌てて買ってきました」

「買ったんですか？」

驚く美桜に、早くも乗り込んでいる湊にベルトを締めながら、航は振り返った。

「これからも使えたらと思って」

（それは……今日だけじゃないってこと……？）

期待のようなものが湧いてきて、美桜は慌てて気持ちを引き締めた。自分はまず湊の母親でなくてはいけない。

「美桜さんは助手席でいいですか？」

「あ、はい」

以前も同じアメリカのRV車に乗っていたが、記憶にあるフォルムと違っていて、まだ新車の匂いが残っている。湊は大喜びだが、美桜はちょっと寂しい。

「けっきょくここにしました」

ほどなくして車が停まったのは、近くのファミレスの駐車場だった。

「湊が喜びます」

車を降りた湊は航と美桜の間で手を繋ぎ、覚えたてのスキップをしながらお気に入りメニューを並べ挙げている。

「おにいちゃん、せいふくじゃないね」

席に着いてオーダーを済ませたところで、今さらながら湊は航をしげしげと見つめた。

「今日はもうお仕事は終わったからね。湊くんもスモック脱いだだろ？」

車の中で制服代わりのスモックを脱いだ湊は、Tシャツの胸を両手で押さえて頷く。

「せいふくじゃなくてもカッコいいよ」

なんだか湊に胸の内を代弁されているようで、美桜はひとり気恥ずかしくなった。

たしかに航は相変わらずカッコいい。三十一歳になったはずで、以前よりも落ち着きが感じられる風貌になった。おとなの男、というか。

造作も整い、長身なので、同じ格好をした自衛官の中にいても群を抜いて目立つ。先日のイベントの際は、真白な夏服姿の眩（まぶ）しさに見惚れてしまったくらいだ。

「ね、ママ」

湊に同意を求められ、美桜がぎこちなく頷くと、航は照れたような笑顔を見せた。

「よかった。てきとうに見えるかもしれないけど、選ぶのにけっこう迷ったんですよ」

濃色のVネックTシャツに麻のジャケットを羽織り、細身のコットンパンツを合わせている。服の好みは変わっていないようだ。

湊が航の隣に座ると言い張ったので、食事のフォローも任せてしまうことになった。意外なほど面倒見がよくて手際もよく、たいていはソースを飛ばしてしまう服も、今のところ無事なままだ。

湊がデザートのプリンパフェを食べるのを、コーヒーを飲みながら眺めていると、ふいに湊のスプーンが美桜に向けられた。いつものことだ。

「はい、ママ。あーん」

美桜は生クリームたっぷりのプリンを味わう。

「敵情視察ですか？」

航の言葉に、冗談だとわかっていながらも、我に返って恥ずかしくなった。どんな顔で口を開いていたのかと気になる。

「はい、おにいちゃん。あーん」

無邪気な湊は、続けて航にスプーンを差し出した。

（えっ、湊！　航は甘いもの苦手なんだってば。それに、今私が使ったスプーン……）

止めるべきだと思ったけれど、どう言えばいいのか迷った。記憶がないなら、美桜が航の味の好みを知っているのはおかしい。

そんなことを考えている間に、一瞬戸惑いの表情を浮かべた航は、パフェを口にした。

「おいしい？」

「……うん、ごちそうさま。でももったいないから後は湊くんが食べて」

口の周りに生クリームをつけたまま笑顔になった湊は、パフェを頬張り始めた。それを見守っていた航の視線が美桜に移る。

「ごめんなさい」

「ん？　なにが？」

「え？　あ、甘いものは好きじゃなさそうだから。それに、湊の食べかけのものを……」

しどろもどろになりながら答えると、航は肩を竦めた。

「ばれました？　でも、食べられないってわけじゃなくて、積極的になれない程度です」

航は紙ナプキンで口元を拭うと、コーヒーを啜（すす）った。わずかに眉間にしわを寄せている。

「でも、無理したんじゃないですか？　お水もらいましょうか？」

「いや、だいじょうぶ。ただ……ふだん食べない甘いものを口にすると、なんだか昔のことが気になってもやもやするんですよね。昔っていうか、記憶のない間のことじゃないかと思うんだけど……」

美桜はどきりとして、カップを握りしめた。

航との食事は、最初のうちこそぎこちなさが拭えなかったものの、そのしぐさを見ながら会話をするうちに、急激な懐かしさに襲われた。やはり自分が愛した人だと思うときが何度もあったし、自然に笑顔になったこともあった。

航は変わらず美桜が知る航だった。ただ――彼の記憶から以前の美桜は消し去られている。胸の痛みを感じていた美桜の眼前に、もはや元の形を失ったパフェが掬われたスプーンが突き出された。

「はい、ママ」

「えっ、もうもらったよ」

「だって、ずっとみてたよ。どうぞ」

相手の様子を見て、気づかいができるほど成長した湊を嬉しく思うと同時に、そんなにパフェを凝視していたのかと気まずくなりながら、湊に急かされてスプーンを口にした。

「優しいね、湊くんは」

航はそう言って湊の頭を撫でながら、美桜に向かって口を動かした。間接キス、と言ったように見える。

（な、なに言ってるのよ……）

思わず口元を手で覆いながらも、そんな茶目っ気のあるところはやはり航だと思った。

ファミレスでの食事中に、次の約束を少し強引に結ばされた。美桜のリクエストを聞きながらも、率先して計画を練るのも以前と同じだ。

別れようと連絡を断ったわけではないとわかっても、そして過去を知らない航がまた美桜にアプローチしているとしても、元の関係に戻るのはあまりにもハードルが高くて、美桜はまだ心を決めかねていた。

伝えようがなかったとはいえ、美桜は勝手に湊を産んでしまった。自分の子だなんて思いもよらない航は、美桜の息子だからと湊を可愛がってくれているが、事実を知ったらどうなるか。

それなのに、再び航の姿が身近にあることに、気持ちが大きく揺さぶられている。もしかしたら幸せな日々が戻ってくるかもしれない——そんな期待を抱いてしまう。

三人で出かけて、湊の無邪気さに引きずられて家族のように笑い合い、美桜も楽しく過ごす。さよならを言ってアパートに戻ると、心細いような寂しさに見舞われる。

こんなことでいいのかと悩みつつも、航からの誘いを断れない自分に気づいていた。


その日は朝からアミューズメントパークで過ごし、帰りの車に乗ってからも興奮冷めやらない湊だったが、いつの間にかぐっすりと眠っていた。

美桜も四年前からずっと三人でいたような錯覚を覚えるほどの一日だった。

(本当に家族みたいだったな……)

三人でいると、キャストから何度も「パパ」「ママ」と呼びかけられ、航もまた「面倒だから訂正しなくていいよ」と笑っていた。美桜の複雑な心境も知らず。

そんなことを思いながら、いつの間にか瞼を閉じてしまっていたらしい。ふと気づくと車が停まっていて、窓から自宅アパートの建物が見えた。

「あ……ごめんなさい、寝ちゃった」

「疲れてるんだろ。もう少し寝てていいよ。湊もぐっすりだし」

いつからか丁寧語はなくなり、美桜と湊のことは呼び捨てになっている。やはり航は航で、距離の詰め方がさりげなく積極的だ。

美桜のほうはせめて名前にさん付けするのは守ろうと思いつつも、ともすれば呼び捨ててしまいそうになる。それくらい航の存在が身近になっていた。

「それを言うなら、航……さんだって同じでしょ。早く帰らないと――」

シートベルトに手をかけて身体を起こしかけた美桜に、航は運転席から手を伸ばして肩に触れた。すぐそばに航の顔が迫っていて、美桜は目を瞠る。

「わた――……んっ……」

唇が重なった。反射的に押しのけようとした手が、身体の間で押しつぶされる。

歯列を割って忍び込んでくる舌が、美桜の抵抗を奪っていく。四年ぶりのキスに、身体の中で音を立てて血が廻る。

航の舌が美桜の口腔を探るように撫で回し、喉奥に逃げていた舌に絡みついた。戯れるように唆され、どうしようもなく誘惑されていく。

息が乱れ、こくりと喉が鳴った。口中に溜まった唾液ごと舌を吸われて、気が遠くなる。

二度とないと思っていたのに——。

懐かしいのか嬉しいのか、それとも脅えているのか——愛しいのか。きっと全部だ。

憶えているのに、実際の感触を伴ったキスは情熱的で、美桜は翻弄される。歯列の裏側を舌でなぞられ、上顎を擽られ、抑えきれない呻きが洩れた。官能を引き出されもしたのかもしれない。自分からも応えていたように思う。

唇が離れたときには、頭がぼうっとしてなにも考えられなかった。後部席に湊がいることも忘れていた。

美桜の濡れた唇を指の腹で拭った航は、額を額に押しつけるようにして囁いた。

「きみと結婚したい」

胸が苦しいくらいにぎゅっと詰まる。

(本当に……?)

四年前にはついぞ聞けなかった言葉を、まさか今耳にするとは。

呆然とする美桜を、真剣な眼差しがじっと見据えている。嘘をついているようには見えない。むしろ強い意思と熱が伝わってきた。

「会ったばかりだけど、きみ以上に好きになれる人はいないと断言できる。運命と言っちゃ

陳腐かもしれないけど、ずっと一緒にいたいんだ。きみのことを逃したくない」

胸が震えた。航にこう言われることを、四年前、美桜は強く望んでいた。プロポーズされるような気配もあって、この先一緒に生きていくと心を決めていた。

(もう叶わないと思っていたのに……)

待ち望んでいた言葉は、四年前に何度となく夢想していたよりも、ずっと美桜の心を揺さぶる。

記憶をなくして離れ離れになっても、こうして巡り会って想いが通じ合ったなら、自分たちの行き着くところは同じ運命なのかもしれない。

(湊の父親は航だって言わなきゃ)

それを聞いたら航は怒るかもしれない。どうして勝手に産んだと責められるかもしれない。もしかしたらプロポーズを撤回するかもしれない。まだ心の準備はできていない。それでも、打ち明けないといけないはずだ。

美桜が意を決して口を開こうとしたとき、航が先に口を開いた。

「でも、きみに会う前のことで気がかりがある。それが解決したらプロポーズするから、待っていてほしい」

モテる航のことだ。きっと離れていた間に他の女性とつきあっていただろう。揉めているのかもしれない。そうだとしても無理のないことで、むしろ解決を約束してくれる航に真摯さを感じた。

しかし美桜のほうはタイミングを逃し、湊のことは打ち明けられなかった。

（そのことにほっとしている私はずるい……）

航と再会して三か月余り。その間、互いの休みが合うときしか会えなかったけれど、航は時間をやりくりして、わずかな暇にも顔を見せてくれた。そんなふうに熱心に、ある意味強引に近いアプローチをされて、美桜に執着しているのが感じられた。

湊の父親だと知ったらどう思うだろう。

「おはよー……」

ふいに背後から聞こえた声に、美桜は飛び上がるように振り返った。湊が眠そうな目を擦っている。

航の求愛に心を乱されていた美桜は、母としての自分を急速に取り戻した。

「起きたの、湊。お家に着いたよ。航さん、今日はありがとう。おやすみなさい」

素早く車から降りて、後部席の湊を抱き上げると、ぐるりと回って運転席の窓越しに航に別れの挨拶をした。

「気をつけてね」

なにごともなかったかのように笑顔を作った美桜に、航がどこかせつなげな眼差しを向けてきたが、短く息をついて頷いた。

部屋に戻って湊を着替えさせていると、再び瞼が閉じそうになっている。顔と手足を拭くだけにして、入浴は諦めた。

アミューズメントパークで航に買ってもらったキャラクターのぬいぐるみを抱きしめながら、布団に寝そべった湊はニコニコとしている。

「たのしかったね。またわたるおにいちゃんといっしょにあそびにいきたい」

「うん、そうだね」

「パパってあんなかんじなのか……な……」

その言葉にどきっとしたが、当の湊は言い終わらないうちに寝てしまっていた。

素直に航を慕うのは、父子の血がそうさせるのだろうか。父親がいないことを幼いなりに理解していると思っていたけれど、決して寂しくなかったわけではないのだ。口にしなかっただけで、ずっと父親を求めていたのかもしれない。

湊の健気さに胸を打たれつつ、美桜自身も航を強く求めていると認めないわけにはいかなかった。

間違いなく恋は再燃していた。いや、向き合わないようにしていただけで、美桜はずっと航を好きでい続けていたのだろう。

3

名古屋に転勤した姉の彩葵が突然やってくることになったのは、航と出かける約束をしていた前日だった。湊を連れて旅行に行きたいという。

『急に休みが取れたからさ。保育園に夏休みはないっていっても、湊だって遊びに出かけたいでしょ。あんたは仕事があるだろうし。たまにはゆっくりしなよ。は？　いいのいいの、私だって湊と出かけるの楽しみだもん。おひとりさまとしては甥っ子の成長を楽しみに生きてるってもんよ』

出産前も湊が誕生してからも、彩葵にはひとかたならない世話になった。本人は結婚する気も子どもを持つ気もないようだが、湊をすごく可愛がってくれている。

「でも……ふたりだけでだいじょうぶ？」

これまでは、年に二度三人で出かけていたのだ。慕っている伯母とはいえ、心配なことに変わりはない。

『生まれる前から面倒見てるのよ。だいじょうぶだって。私もじゅうぶん気をつけるから。

目も離さないようにするし。さ、湊に替わって。みなとー！　彩葵ちゃんとふたりでお泊まりできるよね？　動物園や水族館も行けるよ』

「いくー！　さきちゃんとおとまりする！」

話はあっという間にまとまってしまい、美桜はふたりを送り出すしかないようだ。自分の転勤後にひとりで子育てをしている妹に休暇を与えるつもりらしい。姉の気づかいはありがたい。

（でも、航にはどう伝えよう。湊抜きで会っていいのかな……）

美桜の本心としては会いたい。しかし、ふたりきりになりたいから湊を置いてきたと思われるのも本意ではない。連絡するのを迷ううちに姉の彩葵がやってきて、湊を連れて旅立っていった。


約束の時間に車で迎えに来た航は、美桜だけがアパートから出てきたことに目を瞠った。

「湊は？　まさか具合が悪い？」

「ううん、そうじゃなくて……身内で預かってくれる人がいて、一緒に旅行に出かけたの。どうしても湊を連れていきたいって言うから……」

航は一瞬安堵の表情を見せたものの唇を引き結び、美桜に乗車を促した。なんとなく美桜は気後れして、身を縮めるように助手席に収まる。

（やっぱり湊がいないと気まずいのかな……でも照れてるっていうより、なんか不機嫌なような……）

車が走り出してからも沈黙が続いていたが、やがて航は我慢できないというように美桜を見た。

「湊が出かけたのは、父親と？　行き来があるんだ？」

「えっ……」

予想外の問いに美桜が言葉に詰まっているのを、航はどう取ったのか慌てたように片手を振って前を向いた。

「いや、父親なら当然の権利なのかもしれないけど、きみともまだ――」

誤解しているのは、嫉妬からなのだろうか。航は美桜が誰かと結婚して湊を儲(もう)けたと思い込んでいる。別れてもまだ交流が続いているのが気に入らない？　つまり、美桜がまだその相手と会ったりしているかもしれないと――。

「ち、違うの！　そういうのじゃないから！」

明らかに妬いている様子に、美桜は航の気持ちを感じ取って胸が騒ぐ。こんなふうに好意を示されると、そんな相手はいないのだと、事実を打ち明けてしまいたくなった。

「……そう言うなら、信じる」

まだ憮然としながらも、航はその件を切り上げた。

「どこに行きたい？」

「アニメじゃないの？」

「観たがっていた当人がいないのに？　ふたりきりならそれなりのプランに変更しよう」

航はそう言って、美桜に微笑みかけた。湊がいるときには見せることがない、どこか蠱惑的な眼差しに、美桜はドギマギしながら前方に目を向けた。

（またふたりだけのデートができるなんて……）

当時も一緒に出かけるたびに胸が躍ったものだったけれど、今日のときめきはその比ではないような気がする。

車は都内へ向かい、最初に海岸沿いの水族館を訪れた。四年前につきあっていたころにも来たことがあって、美桜は懐かしく入場口で立ち止まっていると、航に手を握られた。

「行こうか」

以前、手を繋いだのは、ペンギンの展示の辺りだった。今回の航は行動が早い。

美桜もまた躊躇わずに航の手を握り返した。拒むなんて考えられなかった。

薄暗い中で淡い光が揺らめく館内を巡りながら、過去と現在が行き来するような錯覚を味わう。たしかなことは、以前も今も航に恋をしているということだ。

その後、最近評判が高く気になっていたパティスリー直営のカフェにも行った。美桜は色とりどりのケーキに目移りしたけれど、自分だけ注文するのも気が引けて、紅茶だけを選んだ。

「ケーキはどれにする？」

メニューを向けられて、美桜は戸惑った。

「えっ、でも航さんは苦手でしょ。私だけ頼むのも……」

申しわけない気もするし、なにより相手に気づかいできない女だと思われたくない。

しかし航はふっと笑った。

「ここに来てケーキを頼まない人はいないんじゃない？　ほら――」

促すように周囲のテーブルに目を向ける。たしかにどこでも、思い思いのスイーツを堪能している。

「俺だって頼むつもりでいるんだけど。コーヒーゼリーとか」

「あ、じゃあ……ううーん、どうしよう……イチジクのタルトか、モモのティラミス……迷うー」

気になっていたケーキを真剣に吟味していると、航は笑いを隠すように俯いた。

「なに？　私、真剣なんだから」

「うん、仕事だもんね。両方食べれば、と言いたいところだけど、夕食でもデザートがあると思うよ」

最終的に決めたケーキは、美桜的に絶賛の味だったが、コーヒーゼリーを頼んだ航のほうは、けっこう無理をしたのではないかと思う。ゼリー自体は無糖だったようだが、生クリームやチョコレート、ナッツがデコレーションされていて、その部分を食べているときは無言だった。

無理しないで残せばいいと言ったのだけれど、

「いや、全部ひっくるめてひとつの作品だから」

と、完食した。そういうところは、やはりいいなと思う。

思えば昔も今も、航は食べものを残さないし、否定的なことも言わない。食べ方もきれいで、見惚れてしまうことがある。

夕食はホテル内のイタリアンで、コース料理がメインの店だった。ディナーなんて久しぶりで、美桜は緊張したせいかワインが進み、逆にいい感じにリラックスしてしまう。今の航との関係が、いつしか過去と重なっていた。何度か呼び捨てにもしてしまった。いつもなら最大のストッパーである存在の湊がいなかったことも、大きかったのかもしれない。

「わー、きれい」

食後のドルチェは盛り合わせで、チェリーのタルト、ティラミス、トルタサケルとダークな色合いのスイーツに、鮮やかなソースがあしらわれていた。

航はドルチェの代わりに、チーズとフルーツの盛り合わせを頼んでいた。

エスプレッソで締めたときには、美桜は酔いも手伝って満足感に笑顔が絶えなかった。

なんてすてきなデートだろう。こんな時間が持てたのも、姉が湊を連れ出してくれたからだと感謝する。

ただ、これからひとりのアパートに帰ることを思うと、少し寂しいような、名残(なごり)惜しいような気になってしまう。

（……バーで飲んでいかないか、誘ったらだめかな……？）

店を出てエレベーターを待つ間、美桜は迷って何度か口を開きかけ、けっきょくはなにも言えずにエレベーターに乗り込む。

ふと階数表示を見ると、エレベーターは上昇していた。エレベーターホールで待っている間は気もそぞろで、上りボタンを押していたことに気づかなかったのだ。

航を見上げると、カードキーを持った手を掲げている。

「部屋を取ってあるんだ。一緒に泊まってくれる？」

酔いが一気にさめたような気も、さらに酔いが回ったような気もした。

「え……でも――」

「帰るって言われても送っていけない。ふたりでワイン一本空けちゃったからね」

そういえばそうだった。航が飲酒した時点で気づくべきだったのに。

（……ううん、気がつかなくてよかったのかもしれない）

気づけば躊躇しただろう。航に退路を塞がれたことで、美桜から最後のタガが外れていった。

エレベーターが停まってドアが開くと、航は美桜の肩を抱いて歩き出した。毛足が長いカーペットが敷き詰められた廊下は、まるで雲の上を歩いているような心地だ。予想外の展開に驚きながらも、美桜はたしかに胸をときめかせていた。

「どうぞ――」

先に室内へ足を踏み入れた美桜は、吸い寄せられるように窓辺に近づいた。めったに見られない高層階からの夜景は格別で、眼下の街明かりは宝石のようにきらめいている。ことにレインボーブリッジは、ダイヤモンドのネックレスのように優雅なラインを描いていた。

「……きれい……」

「気に入ってくれてよかった」

航の声が真後ろから聞こえて、包み込むように抱きしめられる。

「正式なプロポーズはまだだけど、ふたりきりになれるって聞いたら、このチャンスを逃したくなくて……強引だった？」

「ふふ、わりと最初からそうでしょ。でも、嫌だとは思わない」

そう、今も昔も、航はぐいぐい進むタイプだ。

（もしかしたら踏みきれない私の本心をくみ取って、先回りしてくれたのかもしれない）

美桜が嫌だと思うことはしない――そう感じているから美桜は素直に打ち明けた。

「私も帰りたくないって思ってたの」

航は目を瞠ると、あっという間に美桜を抱き上げて、奥のベッドへ連れていった。マットレスを弾ませて一緒に倒れ込み、口を開く間もなくキスが始まる。わずかにエスプレッソの苦みが残っている口中を掻き回され、閉じた瞼の裏がぐるぐると回る。

「……ま、待って……」

離れた唇が顎を伝って首筋へ続き、航の手がブラウスのボタンにかかったのを感じて、美桜はそれを制した。

視線が合うと、航はせつなげな顔をしていて、美桜はどきりとすると、ちょっとだけ申しわけなく思う。しかし記憶をなくしている航にとっては、これが美桜との初めての行為になるわけで、できるだけきれいな状態で臨みたいのが女心というものだ。航にがっかりされたくない。できれば、もっと好きになってほしい。

「……お風呂、使ってからでいい？」

航は少し返答に迷う様子の後で、苦笑して頷いた。

「もちろん。俺のほうこそ、がっついてごめん。うーん、でもな、離したくないな。……一緒に入るっていうのはどう――」

「だめ。あ、航が先にどうぞ」

「だよな。うん、ちょっと水浴びて落ち着いてくるよ」

名残を振り切るようにベッドから飛び下りて、しかしはたと立ち止まって真剣な目をした。

「いなくなったりしないよな?」

美桜が笑ってかぶりを振ると、航はジャケットを脱ぎ捨てながらバスルームに足を向けた。

美桜は乱れた髪を撫でつけながらベッドを下り、ソファの背に引っかかっていたジャケットをハンガーにかけてから、バッグの中を確かめた。

ふだんなら持ち歩かないメイク用品があるのは幸いだった。ふたりきりのデートなら、化粧直しも欠かせないと思っていたのだ。さすがに泊まることになるとは考えていなくて、下着の替えはない。風呂の後はどうしよう。

答えが出ないうちに、「お待たせ」と航が部屋に戻ってきた。バスローブに身を包んでいる。

「……早いね」

「自衛隊仕込みだよ。ちゃんと洗ったから心配なく」

湯上がりの匂いが漂ってきて、バスローブの合わせから覗く胸板の厚さが眩しく、美桜は逃げ出すようにバスルームに向かった。

洗面台にはひととおりのアメニティグッズが揃(そろ)っていて、身だしなみを整えるのに不都合はなさそうだと安心する。

　バルーンスリーブのブラウスとフレアパンツを脱ぎ、下着を取ったところで、角度を変えながら鏡に裸体を映した。航は憶えていないとはいえ、四年を経て、しかも出産を経験した身体は、あのころとはラインが違う。忙しい毎日を送っているので弛(ゆる)んではいないと思うけれど、ピチピチという言葉にはほど遠い。

　気後れしてしまうのは、航がさらに魅力的になっているからだろう。おとなの男を匂わせつつ、鍛え上げた身体を維持している。

（……今さらどうしようもないよね。即効果が出るダイエットなんてないし）

　開き直りで己を納得させ、せめて隅々まで磨き上げておこうと、美桜はバスルームに飛び込んだ。

　念入りに全身を洗った後は、迷った末にノーメイクのまま、バスローブだけを羽織って部屋に戻った。

　明かりは窓際のスタンドライトだけになっていて、航の気づかいに感謝する。

　ソファに座ってビールを飲んでいた航は、眩しそうに美桜を見つめた後、立ち上がって冷蔵庫に向かった。

「先に飲んでた。なにがいい？　あ、座って」

「ええと、水で」

ミネラルウォーターのボトルを二本取り出し、ひとつを美桜に手渡すと、自分もソファの隣に座ってキャップを開けた。

「……仕切り直したぶん、なんか緊張するな……」

呟くような言葉に、美桜は小さく肩を揺らした。

「ぐいぐいだったのに？　緊張してるのは私のほうだよ」

「嫌じゃない？」

身体ごとこちらを向いた航は、ソファの背も利用して美桜を腕の中に閉じ込める。まだ湿っている前髪が額にかかって、いつもより若く――以前と同じように見えた。それに比べて自分はどう見えるだろうかと、美桜は目を逸らす。

「……嫌だったら帰ってるよ……そんなにじっと見ないで。お手入れ不足のアラサーなんだから」

しかし航は美桜の頬に手を添えて、視線を合わせてきた。

「きれいだよ、美桜は。だから一目惚れしたんじゃないか。いや、もちろん見た目だけじゃなくて、全部が好きだ。だから、どうしても今夜は一緒にいたくて――」

顔が近づき、唇が重なった。航の勢いに押されて、身体が倒れていく。静かな室内に、唇が触れ合う湿った音と衣擦れの音が、やけに大きく響いた。

「あ……」

バスローブの合わせを開かれ、航の手が直に乳房に触れた。やわやわと揉みながら指の腹で乳頭を捏ね回す愛撫は、美桜が憶えているままだ。

頭が思い出すよりも早く、身体が反応していた。四年の歳月が一気に巻き戻されて、熱烈な恋愛のただなかにいた自分に戻る。航が愛しくてたまらない。

乳頭を吸われ、美桜は航の頭を掻き抱いた。

「……あ、あっ……わた、るっ……」

上ずった声に応えるように、航の手が下肢に伸びる。バスローブ一枚で下着を身につけていないそこに指が触れたとたん、美桜は自分がぐずぐずに溶けていくような錯覚に見舞われた。

実際に溢れるほどの蜜が指を濡らし、その動きを容易にする。すぐに花蕾を探り当てられて、身震いするような官能に襲われた。胸を吸われながら撫で擦られただけで、美桜は呆気なく達してしまった。

荒い息をこぼす唇に航は掠めるようなキスをして、勢いよく身を起こす。そこから美桜を抱き上げてベッドに移動するまでは、ひとつの動作のようだった。

横たわる美桜からバスローブをはぎ取り、航も同じように脱ぎ捨てて全裸になる。厚みが増した身体は彫刻のようで見惚れるけれど、細かな傷痕が増えたように思えた。

（事故に遭ったときのものもあるのかな――）

そう考えていた美桜の目に、一瞬下肢の滾(たぎ)りが映って思考が吹き飛んだ。鼓動が跳ねるだけでなく、体温も上昇したような気がする。美桜を求めているのだと示されて喜びが湧き上がり、それを感じたいと切望した。

「美桜、愛してる……」

囁く航を、両腕を伸ばして迎えた。しかし航はそのまま美桜の上で身体をずらし、脚を開かせて間に顔を埋めようとする。

「……っも、いい……から――」

「俺がしたい」

反射的に押し返そうとした手は、そのひと言でたちまち力を失った。

敏感な場所に熱い吐息を浴びて、美桜はぞくりと背を震わせた。余韻を残して尖っていた花蕾を舌先で弄ばれ、あられもなく腰を揺らす。

「ああっ……」

（……やだ、どうしよう……気持ちいい……）

溢れる蜜を掬い上げるようにあわいを下からなぞった指が、そっと潜り込んできた。

航の指は長く、節が目立つ。それが美桜の中を行き来する感覚は、たしかに憶えがあるもので、泣きたくなるような嬉しさと直截(ちょくせつ)な刺激に、咽ぶような声が洩れた。

唇で覆われた花蕾が強弱をつけて吸われ、さらに舌で捏ねるように擦られて、美桜は追い

立てられるように官能に吞まれていく。

「いい？」

ふいに口を離した航に問われて、美桜はもどかしさに呻きながらこくこくと頷いた。

「気持ちいいって、言って」

「……い、いい……気持ちいいっ……」

満足げな吐息が蕩けたそこに吹きかかり、美桜を懊悩に落とし込む愛撫が再開する。増えた指で内壁を擦りながら抜き差しされ、美桜は身を捩った。濡れそぼった粘膜が発する音が耳を打つ。

ふと強く押された場所が、そこから震えを生じるような悦びをもたらし、美桜の声が高くなる。指は容赦なくそこを攻め立てた。

「んっ、あっ……だ、だめ……っ……」

「だめ、じゃないだろ。本当は……？」

航は指を止めることなく、美桜の内腿を強く吸った。

（痕がついちゃう……）

そんな思いが頭をよぎったことを責めるように、指は美桜を翻弄した。感じるところをしつこく擦られて、美桜の腰はがくがくと揺れる。忍び寄る絶頂が、もうそこまで来ているのを感じた。

「ああっ……」

「本当は？」

「……いい、そこがいいっ……あっ、あっ……、航……また……っ……」

無意識に逃げようとする腰を引き戻され、むしゃぶりつくように花蕾を舐め回される。先ほどよりも大きな波に攫われて、美桜は全身を揺らした。媚肉が指を食いしめる感触に、絶頂を味わいながらも希求感が止まらない。指の硬さが、もっと確かなものを美桜に思い出させる。

航が欲しい――。

肉欲だけでなく、たしかに彼がいるのだと感じたい。思いきり抱きしめたい。

身を起こした航は手早く避妊具を装着して、美桜に重なってきた。

「……あーっ……」

過去が蘇る。いや、過去に連れ去られる。そう思うくらい、美桜の身体は航を憶えていた。忘れてなどいなかった。

もう会うこともないのだから諦めよう、過去は振り切ろう――そんなことができると、どうして自分は思えたのだろう。こんなにも航を愛している。

航は苦しげに唸ってしばらくじっとしていたが、すぐに貪るように美桜を揺さぶり始めた。

（ああ、航だ……）

髪を撫でるしぐさも、胸を揉みしだく感触も、律動の強さ速さも、すべて美桜の身体に刻まれたままのものだった。

動きが激しくなり、航は美桜の腰を抱いて思いの丈を示すように突き上げた。美桜の弱いところを狙い澄ます抽挿に、美桜は絶頂へのきざはしを駆け上がった。心の喜びに身体の悦びが重なった。

おそらくほぼ同時に達したのだろうけれど、航はすぐに「もう一度」と美桜を愉悦の中に誘い込んだ。


「だいじょうぶ？　ごめん、年甲斐もなくがっついて」

まだ胸を大きく上下させている美桜に、航はミネラルウォーターのボトルを差し出した。美桜はありがたくそれを受け取り、身体を起こして水を飲む。航の視線が注がれていることに気づいて、気まずく目を逸らす。

初めてベッドを共にしたにしては、美桜の反応はずいぶんと明け透けなものに思えただろう。セックス好きな女だと思われたかもしれないと考えると居たたまれない。けれど、止めようもなかったのだ。

ベッドに腰を下ろした航は、美桜の肩を抱き寄せて頬にキスをした。キスが終わっても、頬を押しつけている。

「驚いたな……」

（……やっぱり。失敗しちゃったかな）

その言葉に、美桜はびくりとする。しかし続いたのは、思いがけない台詞だった。

「初めて抱いた気がしない。肌が合うっていうのかな」

不穏な鼓動を刻んでいた胸が、真逆の感情で高鳴り始めた。

「きみを手に入れたっていう嬉しさはもちろんあるし、相性がいいって思えるほど感じてくれたのも嬉しいんだけど、それだけじゃなくて、なんていうか触れてると……安心？　ほっとするような……うまく言えない」

記憶がなくなっても、航の身体もまた美桜を憶えているのだろうかと、思わず顔を上げた。

「どうしよう。ますます美桜が手放せなくなった」

そう言って微笑む航に、美桜は身体を預ける。もう一度、と言ってくれないだろうかと期待してしまうくらい、航への想いが溢れ出す。

現実では四年の空白が存在するけれど、過去と現在は間違いなく繋がったように思えた。

やはり自分は航が好きなのだと、変わらずずっと愛していたのだと、再認識する。

（彼と一緒に生きていきたい――）

強くそう願う。

隣で眠る美桜を見つめながら、航はかつてないほどの充足感に包まれていた。

横須賀基地のイベント会場で、初めて美桜の姿を見たときから強く惹かれた。シングルマザーだということは些細(ささい)な問題に思えた。むしろ独身で幸いだと誰にともなく感謝した。

三十歳を過ぎて一目惚れなんてないと思っていたのに、あのときの自分はまさにそれだった。

美桜のほうは躊躇いや警戒などが前面に現れていた。それはそうだろう、迷子の保護所のスタッフが、言い寄ってきたのだ。うさん臭く思われても無理はない。

しかし、いや、だからこそ、我ながら強引とも思えるアプローチを止められなかった。

(油断してるといなくなりそうな気がした)

美桜が距離を取ろうとするのを感じるほどに、どうしても逃したくない思いが強くなる。

どうにか連絡がつき、息子の湊を交えて一緒に出かけるようにもなれたが、美桜は相変わらず戸惑っているように見えた。未婚の航に対して引け目があるのかもしれないが、それだけではないような気がする。

嫌われてはいない、はずだ。キスも拒まれなかったが、それでもまだ躊躇いが見え隠れする。

（焦って、結婚を口にしてしまった）

美桜の気持ちがもっと前向きになってからのつもりでいたのに。

もちろん航は結婚するなら美桜と、とすでに心に決めていた。二、三度会った後には、そう考えていたと思う。自分でも不思議なほど自然に思った。

一目惚れに続いて面映ゆい言い方ではあるが、美桜こそが自分の運命の相手だと確信したのだ。

美桜がその気になれなくても、この強い気持ちと熱意で必ず振り向かせてみせる――そんな確固たる意志を持っていた。

順序は多少前後してしまったけれど、おおかたは航の望んでいた方向に進んでいる。後は時機を見て正式にプロポーズして、美桜からＯＫをもらうだけだ。

航は美桜の額にかかる髪を撫で上げ、微笑む。

（……いや、その前にはっきりカタをつけなきゃならないことがあったな）

航が記憶を失ったのは、四年前のことだ。他部署からの帰還途中、防波堤近くで煙を上げて停止している小型クルーザーを、乗っている車から発見した。すぐに車を停めさせ防波堤に駆け寄ると、乗員がパニックを起こして右往左往している。ひとりがクルーザーから海に飛び込むと、全員が次々にダイブした。救命胴衣もつけずに。

航は一緒にいた仲間と共に防波堤を乗り越えて海に飛び込み、溺れかけている要救助者に近づいたが、ひとりの肩を摑んだところで、轟音と衝撃に襲われた――。

目覚めたときには、病院のベッドの上だった。クルーザーが爆発し、吹き飛んできた破片がぶつかったせいで、肋骨を骨折した他にいくつもの裂傷を負っていた。いずれも完治が見込めるもので不幸中の幸いだったと胸を撫で下ろしたのも束の間、事故前の数か月間のことを憶えていないのに気づいた。

落ち着けば回復するだろうと医師に言われ、実際に途切れ途切れながらも思い出し、仕事には支障がなさそうなことがわかった。念のために脳の検査もしたが異常は見られなかった。

退院して自宅療養となった航は、それを機に官舎を出て民間のマンションを借りた。事故に遭ったと聞いた姉の綾香が心配するあまり、「なにかあっても、官舎じゃ付き添うこともできないじゃない！　せめて直接押しかけられるところにしてよね！」と言い張って聞かなかったのだ。

航は都内出身だが、両親は早期リタイヤをして田舎暮らしを楽しんでいて、残った実家には二年前に結婚した姉が夫と住んでいる。本人は航の親代わりのつもりらしい。いずれ自分の子が生まれれば関心も逸れるのではないかと思うが、今のところかなりのブラコンだ。

それでも入院中に引っ越しを担ってくれたのはありがたかったし、退院後も頻繁に世話に通ってくれたのは感謝している。

その引っ越し荷物の中に指輪が紛れ込んでいたのを、最近になって発見した。どう見てもエンゲージリングで、それなりのケースに収まっていたし、ダイヤモンドの鑑定書もついていた。新品――だと思う。

自分が買い求めたと考えるのがふつうだが、しかし誰に贈るつもりだったのか、まったく見当がつかない。美桜に会うまで結婚願望なんて特になかったから、将来の伴侶のために指輪だけ用意したとも考えられない。

事故のときに慌てて海に飛び込んだせいで、スマートフォンを紛失してしまい、連絡先やプライベートスケジュールなどがわからなくなってしまったのも痛かった。連絡先リストは極力復活させたつもりだけれど、仕事仲間の連絡先にも取りこぼしがあったため、不完全な状態のままだ。

航は、それとなく姉に訊（たず）ねてみた。

『入院してたころ、女の子が訪ねてきたりしてないよな？』

今ごろなにを言い出したのかと怪訝（けげん）な表情を見せた姉は、次第に眉を吊（つ）り上げた。

『はあっ？　なに言ってるのよ。まさか、あの女のこと？』

『あの女、って……』

『自衛隊フリークの女につきまとわれてたじゃない。ずいぶん迷惑してるって、あなただっていつもこぼしてたくせに憶えてないの？　そういえば、事故あたりから姿を見せないみたいね。もうこのまま思い出さないでおきなさいよ』

話を聞いて、そんなことがあったかもしれないと薄ぼんやり思い出したが、詳細は不明だ。嫌だと思っていたから、記憶から抜けてしまったのだろうか。

その女がどんな外見で、具体的にどんな迷惑を被っていたのかは不明だが、姉の口ぶりからしてよほどひどい相手だったようだ。そんな相手に指輪を用意したりするだろうか。自分がどういうつもりでいたのかわからない。

もしかしたらひどい女というのは第三者視点での誤解で、航自身は彼女とそれなりの関係を築いていた——とか。

（……うーん、考えにくいな……）

それでも念のために当時の様子を同僚に訊いてみたりしたが、今のところあまり情報はない。「ああ、あのストーカー女！　おまえ無理くりデートに連れ出されてたっけな」なんて話を聞いてからは、よけいに掘り返す気が失せてきたが、エンゲージリングという現物がある以上、はっきりさせておきたい。

今の航は美桜ひと筋で、彼女以外の女性となんて考えられないし、そもそも目に入らないのだ。万が一にも今後その女が現れたとしても、きっぱり拒絶する以外の方針はなかった。

眠る美桜が小さく呻き、航は髪を撫でていた指を離した。しかしすぐに、吸い寄せられるように触れてしまう。

(きみはどうなんだろうな……俺と同じくらい、いや、少しでも俺とのことを前向きに考えてくれてる……?)

他の誰かに美桜を奪われるつもりなど毛頭ないけれど、美桜自身の気持ちは、航にどうすることもできない。

キスもして、今日はこうして肌を合わせることもできた。触れ合うことで、美桜の気持ちがこれまでになく伝わってきた気もする。

しかしそれ以上に、航は美桜に溺れていた。これ以上好きになれないと思っていたのに、昨日よりももっと美桜が愛しい。

自分たちの気持ちはたしかに重なり合っている。だが、結婚となれば無視できないのは湊の存在だ。

(俺を家族として認めてくれるかな)

航は湊をじゃまだと思ったことは一度もない。むしろ美桜に対するのと同じように、不思議なほど可愛く大切だと思っている。それは美桜の息子だから、という面もあるのかもしれないが。

(そう、美桜と他の男との間にできた子なんだよな……)

その父親の存在が航を心穏やかにさせない。

離婚しても、湊がいる限り関わりはあるのだろう。実際、今日も湊を預かっているようだ。元夫婦間は冷めていても、父親と子どもという関係は簡単に切れるものではないはずだ。湊を単身預けるようなやり取りを繰り返していたら、美桜と元夫の仲も修復してしまうのではないかと不安になった。ふたりの間柄に嫉妬して、先ほどは問い詰めるような言い方をしてしまった。

美桜がこの手からすり抜けていくような、自分だけのものにはならないような気がして、どうしても美桜が欲しくなりホテルに誘った。

躊躇いつつも応じてくれた美桜と身体を重ねて、今はやはり美桜以外の相手は考えられないと強く思う。心も身体も、すべてを愛している——。

本音を言えば、湊の父親としての関係は断てなくても、極力美桜と会ってほしくない。

どんな理由で離婚したのだろう。美桜の口から他の男の話が出るのが嫌で訊いたことはないけれど、子どもを預けるくらいならそう険悪なものではないのかもしれない——そう考えると、ますます見たこともない男に嫉妬してしまう。

だから航も、指輪とその相手についてはっきりと突き止めて、解決しておかなければならない。美桜を不安にさせたくない。

身も心も美桜だけに捧(ささ)げる心づもりなのだと示すことが、航の誠意だ。

◇

美桜が仕事から帰宅すると、アパートでは湊と姉の彩葵が出迎えてくれた。

「ママ、おかえりなさい！」

玄関に走ってきてしがみつく湊をギュッと抱きしめ返す。ひと晩離れていただけでこんなにも愛しさが募る。

「ただいまー。湊もおかえり。楽しかった？」

「うん！　あのねえ、どうぶつえんとゆうえんちにいったの。ゾウさんと、キリンさんと……あと、いっぱい！　ゆうえんちはぜっとこーすたにのれなくて――」

なにから話せばいいのかわからないというように、身振り手振りを交えて興奮気味の湊から報告を聞き終えて、美桜は彩葵に顔を向けた。

「ありがとう、お姉ちゃん。すごく楽しかったみたい。疲れたでしょ」

お茶を淹れてテーブルに置いた彩葵は、大きくかぶりを振った。

「全然。湊と一緒なら、最高の癒やしよ。仕事の憂さもきれいさっぱり吹き飛んだ感じ」

彩葵が帰りのパーキングエリアで買ってきてくれた弁当で夕食にし、湊の希望で彩葵と入浴を済ませると、髪を拭く間に湊はうとうとし始めた。

「私が寝かしつけるから、お風呂入ってきたら？」

彩葵に言われて、美桜はありがたくそうさせてもらうことにした。

洗面所の鏡に映った裸体を見て、腕の付け根に吸い跡があるのに気づいた。昨夜の出来事が夢ではなかったのだと実感し、頬と胸が熱くなる。

休憩時間に開いたSNSアプリには航からのメッセージがあって、またふたりだけの時間が欲しいというようなことが書かれていた。

（私も……航に会いたい）

別れて半日だというのに、早くも恋しさに胸が疼いた。

部屋に戻ると、彩葵は持ち歩いているノートパソコンのキーボードを叩いていた。

「仕事？　忙しいんだね」

「メールだけね。休暇中だもん」

タイピングの速度が増したかと思うと、彩葵はあっという間に作業を終えてパソコンを閉じた。立ったまま髪を拭いていた美桜を見上げて首を傾げる。

「やっぱりだ」

「えっ、なにが？」

寝間着代わりのTシャツとルームパンツを身につけているが、どこかおかしいだろうか。

彩葵だって同じような格好だ。

「美桜、きれいになったね」

「……は？」

「さては彼氏でもできた？」

美桜は返す言葉に詰まった。湯上がりのせいでなく頬が赤らむ。

「……な、なに言ってるの」

ようやくそう答えたけれど、すでに彩葵は確信を得たようににんまりとした。

「いいじゃないの。私はずっと、誰か見つければいいのにって思ってたよ」

「そういうお姉ちゃんはどうなのよ？」

「私は今が最高に楽しいんだって。まあ、座れば」

座布団をポンポンと叩いて促され、美桜が腰を下ろすと、テーブルに用意されていた缶ビールがひとつ差し出された。揃って蓋を開け、乾杯する。

「湊がお世話になりました」

「うんうん、デートの時間もできて一石二鳥だったね。グッジョブ私」

「だからー、それは――」

「どこ行ったの？」

「……水族館。あと、カフェ・ブーケに行って、ホテルグロリアのスタジョーニでごはん食べて……」

さすがにそのまま泊まったとは言えない。しかしデートの報告をするのは、擽ったいような嬉しさがある。

「おー、いいね。他にも言うことあるでしょ？」

「なにを？」

思わずTシャツの上から腕の付け根に触れてしまう。

彩葵は喉を鳴らしてビールを飲んでから、缶を美桜のそれに打ちつけた。もうずいぶんと残り少ない音がする。

「相手はどんな人なの？」

缶を持った手を引いた美桜は、そのままビールを口にして、むせそうになった。

湊の父親だとは、今は言わないほうがいい気がする。この先どう進むにしても、それがはっきりして落ち着いてから伝えよう。

「海上自衛官。一尉って言ってたかな」

「へえー、幹部じゃない。そんな人とどこで知り合ったの？　合コンとか？」

「そんな暇あるわけないでしょ。湊を海自のイベントに連れていったんだよ。そこで湊が迷子になって――」

ざっくりと事実を交えて説明すると、彩葵は何度も頷いた。

「湊が言ってたのはそれだったんだ。やたらお兄ちゃんってのが話題に出てくるから、もしかしてと思って聞き出そうとしたんだけれど、なにぶん三歳児のボキャブラリーだからねえ」

（そうか！　湊が言ったのか……）

その可能性がすっかり頭から抜け落ちていた美桜は、恨めしげに彩葵を睨んだ。

「……勘がいいふりして……」

「まああ。でも、よかったじゃない。美桜だって苦労してる分、幸せになる権利があるわけだし。湊も懐いてるんでしょ。言うことないね」

四年前、美桜が誰と恋愛して湊を授かったかは、誰にも言っていない。彩葵も詮索することなく、美桜の決断に協力してくれたことには、感謝しきれない。

「結婚が決まったら、お父さんにも報告しなよ」

さりげない彩葵の言葉だったが、美桜は一瞬にして顔を強張らせた。

「……そんなの、まだ……どうなるかもわからないし。それに、私はもう見限られてるよ」

『なにを考えてるんだ、おまえは！　結婚もしないで子どもを産むだと？』

思い出したくない四年前の父とのやり取りが脳裏に浮かぶ。

『ひとりでもやっていくって、もう決めたの！』

『世間知らずが……後悔しても、元には戻れないんだからな。俺は認めない。当てにもするな』

『お父さんにはなにも頼まないよ。私の人生だもの、自分で決めてやっていく』

──美桜は我知らずため息を洩らした。あれから四年、父の顔を見るどころか、電話すらしていない。険悪な感情がまだあるのかと問われたらわからないけれど、今となってはもう修復のすべもないように思う。

(啖呵を切って帰ってきちゃったし、放置しすぎた……)

父親だけでなく祖父まで奪うことになって、湊には申しわけないことだが──今さらどうしようもない。

新しいビールを持って戻ってきた彩葵は、テーブルに身を乗り出した。

「ねえ、名前は？　いくつ？　写真はないの？」

女子トーク張りの矢継ぎ早の質問に、美桜は苦笑した。美桜を物思いに突き落としておきながら、彩葵はけろりとしたものだ。

(……考えてもしょうがないよね)

全部自分で選んで決めたことだと、気持ちを切り替える。

「陣野航さん。三十一歳」

彩葵の眼差しが期待に満ちていたこともあるけれど、美桜もまた航がどんなにすてきか知ってほしくて、スマートフォンの写真フォルダを開いた。

「……えっ⁉　ちょっと、イケメンじゃないの！」

彩葵が身を乗り出してくるのが、おかしいやら嬉しいやら。急かされるままに、美桜は画像をスライドした。

「自衛官らしいかどうかはわからないけど、男っぽくすっきりしてるねー。背も高そう。まーまー、湊ったらはしゃいじゃって」

アミューズメントパークで湊を肩車したショットは、美桜もお気に入りだ。笑みを浮かべてそれを見ていた彩葵は、ふいに手を叩いた。

「ねえ、似てない？　親子って言っても通用しそう」

航を自慢したい一心だった美桜は、その指摘にはっとする。

「ほら、目元とか……笑ったときの口端の感じも」

彩葵は自分の大発見に得意げだけれど、美桜は言葉もなかった。実の親子なのだから、似ているのは当たり前だ。

これから成長するにつれ、湊はもっと航に似ていくのかもしれない。航もそれに気づいて、記憶は戻らなくても疑問に思うだろうか。

（いつ本当のことを打ち明けよう……）

隠したままでプロポーズを受けるのは、誠実じゃない。だけど、航との関係が順調すぎて、この真実の爆弾を落とすのが躊躇われる。喜んでくれるかどうかは正直わからない。

自分たちにとってどうすることがいちばんいいのか。考え込んでしまった美桜の肘を、彩葵が揺らした。

「どうしたのよ？　似てるなんて嬉しいことじゃない。きっと運命なんだよ」

なにも知らない彩葵はそう言う。

運命——たしかにそう思う。記憶をなくしても美桜を好きになってくれた航と、また初めから恋をしている。

真夏の日差しは容赦なく降り注ぎ、砂浜に眩しく照り返している。

ビーチにポップアップテントを設置したものの、蒸し暑さに我慢できず、美桜は外にマットを敷いて、つばの広い麦わら帽子を被り、首から下を隠すようにバスタオルを巻いて膝を抱えていた。

湊のたっての希望で、今日は茅ケ崎（ちがさき）に海水浴にやってきた。海の近くで育っているが、泳ぐのはプールでだけで、海に連れてきたのはこれが初めてだ。波打ち際で航と手を繋いではしゃいでいる。

（湊ったら嬉しそう。生き物図鑑とかよく見てるし、好きなんだろうな。早く連れてきてあげればよかった）

この陽気だから、そろそろ水分補給をさせたい。夢中になっているうちに熱中症になっては大変だ。そんな美桜の気持ちが伝わったかのように、航は湊を促してこちらに歩いてくる。

「カニさんがいた！　かいも！　みて！」

湊の小さな手のひらには、薄青いツルツルした二枚貝の片割れが乗っていた。

「わあ、すごくきれいなのを見つけたね」

「あのね、はんぶんもあるんだって」

「半分？」

首を傾げた美桜に、湊は鼻息も荒く頷く。

「うん、こっちにくっついてたのが、とれちゃったんだよ」

「ああ、そういうことね。まあ、だいたい片方になっちゃってるよね」

「でも、どっかにあるから、またくっついたらいいね。ね、おにいちゃん」

「そうだな」

わずか三歳の湊がそんなことを考えたのかと驚いたけれど、どうやら航と話したらしい。しかし受け売りでもなんでも、湊がそういう見方を知るのはいいと思ったし、なにより航の考え方が好ましい。

スポーツドリンクを飲んだ湊は、用は済んだとばかりにまた飛び出そうとする。

「ね、ちょっと休もう。頭熱くなってるよ」

「ママもいこう？」

「いやー、ママは……」

「ママは日焼けするとヒリヒリになっちゃうんだってさ」

湊に言い聞かせながら、航はこちらを見て苦笑する。美桜は恐縮するしかない。

「すみません、任せっぱなしで……」

「いや、肌が弱いと日焼けは深刻だからな。どうりできれいな色白だと思った」

(そんなこと、湊の前で……)

美桜は焦りつつも照れてしまう。

一応、濡れてもいい格好をしているけれど、ラッシュガードに膝丈のスイム用レギンスという色気のなさだ。

「子どもの相手ばかりじゃ退屈でしょ。湊は少し休ませるから、泳いでくる?」

気をつかってそう言ってみたけれど、ここは人気の海水浴場で、若い女性もたくさんいる。布地が足りていないきわどい水着姿もあって、本音を言えばひとりで出歩いてほしくない。

「いや、泳ぐのは訓練メニューでやってるから」

「あ、そうだった。職場が海だものね」

「海中だけどね。ビーチなんて何年振りかな」

マットに横たわり、波打ち際を見つめる航は、美桜だけでなく女性の注目を浴びているようだ。実際、砂浜を歩いている女性たちも、航の前を通り過ぎるときには速度がゆっくりになる。

　適度に日焼けした身体は実用的な筋肉で覆われ、健康な男の色気に溢れている。

（この人に愛されているなんて、信じられない）

「ママ、アイスたべていい？」

　保冷ボックスを開けた湊にカップのかき氷とスプーンを渡すと、黙々と口に運び出す。前髪の間から流れ出る汗を、同じく保冷ボックスで冷やしておいた濡れタオルでぬぐってやった。

「溶けかけてるね。航も食べる？」

　かき氷のカップを差し出すと、一瞬指が触れ合った。引こうとした指をカップごと掴まれて、美桜は航を軽く睨んだけれど、その実照れているのはバレているだろう。航はすぐに首を竦めながら身を起こし、カップのふたを開ける。

「うわ、冷たい。懐かしいな。カップ氷なんて子どものとき以来だ」

「甘かったら残していいよ」

「冷たいから気にならない。美味いよ」

　航は美桜を見て苦笑する。

「そんなに気をつかわなくても、だいじょうぶだって。本当に無理なときは食べないから」

　たしかに甘いものは得意ではないと言いながらも、かぼちゃの煮物やフルーツなどはよく食べるし、たまにブラックチョコレートを齧（かじ）ることもある。敬遠するのはケーキ類に限られるのかもしれない。

（そういえば、ウィークエンド・シトロンは気に入ってくれてた）

航が褒めてくれたから、美桜は張りきってレシピをブラッシュアップし、コンテストで優秀な成績を収めることができたのだ。その結果、今のポジションがある。もしかしたら、この四年間もずっと。

思い返すまでもなく、あのころの美桜にとって航がすべてだった。

そして今、これまで以上に航を必要とし、愛しく感じている。

帰りにファミレスに寄って夕食を食べ、アパートの前で車を降りようとすると、湊はチャイルドシートにしがみついてかぶりを振った。

「やだっ、バイバイしない！　おにいちゃんもいっしょにかえろうよ！」

先ほどまでご機嫌だったのにどうしたのだろうと、美桜と航は顔を見合わせた。苦笑して肩を竦める航に、美桜は狼狽える。

（一緒に帰るって……やだもう、湊ったらなに言ってるの。そりゃあ私だって、離れたくないけど――）

しかしアパートに招くとなれば、出かける前にそのままにしてしまったあれやこれやが気になる。ずぼらな女だと航に思われてしまうのではないか、とか。

いや、プライベートな空間に航が存在することに、きっと一番戸惑っている。湊のように単純に望めたらどんなにいいだろう。

腕にしがみつく湊を抱き上げた航は、美桜を振り返った。

「ちょっとおじゃましていいかな？　せっかく楽しい一日だったのに、最後に泣かせちゃかわいそうだ」

「えっ、あ……それはもちろん！　遅くなっちゃって申しわけないんだけど」

「いや、全然。よーし、湊、一緒に帰ろう」

「うん！　おさかなのずかんみせてあげるね」

たちまち機嫌を直した湊は、部屋に帰るなり航を相手に図鑑を広げるだけでなく、おもちゃを次々取り出して遊んだ。

美桜が相手をしているときとは、喜び方が違うように思う。初めて自宅で航と遊んで興奮しているのもあるのだろうけれど、笑い声が絶えない。

（やっぱりパパが欲しいんだろうな……）

湊を不憫に思う気持ちと、互いにそうと知らずに父子で触れ合っている微笑ましさ、それを打ち明けられずにいる自分のうしろめたさが複雑に混ざり合う。

けっきょく湊に押し負けて、航は一緒に入浴することになった。湯上がりの髪を航に拭いてもらいながら、「ママもおふろはいってきたら?」と満足げな表情だ。

「ママは後でいいよ。それよりそろそろお休みの時間だよー」

「おにいちゃんとねるー!」

湊は奥に続く襖を勢いよく開けて、「あー!」と指をさした。

「おにいちゃんのおふとんがない」

いつものように湊と美桜の布団が延べられている。

航の都合もあるし、さすがに泊まらせるわけにはいかないと口を開きかけたが、それを制するように航から合図を送られた。

「だいじょうぶだよ。湊の布団で一緒に寝るから」

「ええー、はみでちゃうよー」

そう答えながらも、湊は喜色満面だ。

「枕はどこかなー?」

湊が押し入れを開けている間に、航は小声で頷いた。

「寝かしつけておくから、ゆっくり入っておいでよ」

申しわけなく思いながらも、航の気づかいに感謝して入浴を済ませた美桜は、そっと襖を開けた。

「あっ、ママ！　ママもはやくねよう」

予想に反して湊はまだ起きていた。目がらんらんとしている。初めての体験に、眠気も吹き飛んでいるようだ。

「早く寝なきゃいけないのは湊でしょー」

ため息をつきながら言い返した美桜に、湊は足をばたつかせる。

「マーマー！」

「ごめんね、身体痛いでしょ。今、お布団敷くから」

さすがにこれ以上航を横たわらせておくのは憚られた。

「手伝うよ」

航はすぐに起き上がって、てきぱきと布団を敷いていく。

「泊まっていいってこと？」

耳元で囁かれ、美桜はどぎまぎするのを隠すように、タオルケットを押しつけた。

「これ以上遅くなると、帰すのが心配だもの……嫌じゃなければ」

「嫌なはずがないだろう」

もしかしたらこんな生活をしていたかもしれないと思うと、この時間がかけがえのないものに感じられてきて、少しでも長く続けばいいと願っていた。少なくとも美桜のほうから終わらせるなんてできなくなっているのだ。

それでも航がどんな反応をするか気になっていたので、そう言われてほっとすると同時に、気持ちが昂ぶってきた。

「ねえねえ、はやくねようよー」

襖を閉めて常夜灯だけにして、文字どおりの川の字になった。湊が間にいることで、胸のざわめきも温かな幸せへと変わっていく。

(そう、これは湊のためのお泊まりだ。楽しかった一日を締めくくるための――)

母親の心を取り戻した美桜は、笑顔を刻んだままぎゅっと目を閉じる湊の顔を見つめた。

その向こうに航が見えて、やはりドキドキしてくるのは止められなかったけれど、まさかなにか起きるわけでもない。

(そうよ、航だって湊を見てるし)

湊は早々に寝息を立て始めた。一日中はしゃぎすぎて、電池切れ寸前だったのだろう。

タオルケットをかけ直していると、ふいにその手を握られて美桜は息を呑んだ。航と目が合う。

「……ちょっ――」

「しーっ……」

身振りと声で制され、美桜は口を噤んで動きを止めた。しかし航は美桜の手を握ったままで、指を絡ませてくる。

「そんな困った顔しないで。こうしてるだけだから……いいだろう？」

いつもよりも低い声で囁かれ、美桜は操られるように頷いた。

航もこれ以上の行動を取るつもりはないようだけれど、湊の頭上で握り合った手はゆっくりと動き続ける。日常で触れ合ったこともあるし、ふたりきりで互いに触れたことだってある。

手のひらを軽く引っかかれたり、指を一本ずつ付け根から先までなぞられたり――。

けっして性的な行為には進まないとわかっているのに、それに航にはそんな意図はないかもしれないのに、美桜の鼓動は高まっていった。


たまにはふたりきりで過ごしたい、という航の希望を聞いて――もちろん美桜もそう願って――、示し合わせた休みに湊を保育園に送り出してから落ち合った。

少しでも長く一緒にいるには、地元の横須賀で過ごすのがベストなのだが、生活圏では見知った顔も多い。後ろめたいわけではないけれど、偶然誰かに出会って詮索されるのも望ましくないと、待ち合わせ場所は横浜のホテル内のティールームに決めた。

時間より早く着いてしまった美桜はティールームに入らず、ショッピングアーケードをぶらついていた。湊が生まれて以降、ショッピングなんてする時間も金銭的な余裕もなく、ハイグレードな商品が並んだショップは目の保養だ。

バッグや靴などの皮革製品を扱う店の隣は、宝飾店だった。どのショップも店内に入る勇気はなかったけれど、ここはますます敷居が高い。しかしショーウィンドウを眺めるだけでも心が浮き立つ。

育児中でもあり、パティシエという仕事柄、指輪ははめないし爪も短く切り揃えているので、自分で身につけたいという欲求は少ない。そもそも、こんな高級品は手に入れられないし似合わない。

(……見てるだけで楽しい気分になるのは、スイーツと同じだな)

夏らしく涼しげなブルーの宝石があしらわれたネックレスとイヤリングは、ソーダジュレを使ったケーキを美桜に想像させた。いいアイデアが浮かびそうだ。

(柑橘系の果汁を使って、台座は白いメレンゲ——)

ぽんと肩を叩かれて、美桜は我に返った。振り向くと航が立っている。ブルーグレーのリネンシャツに、細身の黒いパンツがよく似合う。

しかしいつも浮かべている微笑がなくて、緊張に頰の辺りが強張っているように見えた。

「……なに見てたの？」

「時間があったから、ブラブラしてただけ。航も早いね。まだ約束時間前でしょ」

「時間厳守が身についてるからな。はは。これじゃ待ち合わせ時間を決めても、あんまり意味ないね」

「ふふ。それを踏まえて、ますます早く来るようになったり？」

笑い合って踵を返そうとすると、航は美桜を呼び止めて宝飾店の入り口を指さす。

「ちょっと見ていく？」

「えー、そんなカジュアルに入るお店じゃないってば。見てただけだよ」

慌てて顔の前で両手を振って尻込みする美桜の手を取って、航は強引に歩を進めた。

「全部が全部高いわけじゃないだろ。俺だって貯金もあるし」

独身の幹部自衛官なら、たしかに貯めようと思えば蓄えられるのかもしれない。けれど、衝動買いなんて無駄づかいだろう。

店内には、ずらり、というよりは空間を贅沢に使って、ジュエリーがディスプレイされている。

「美桜――」

航に手招かれてショーケースに歩み寄ると、そこには淡いブルーの石をあしらったピアスがあった。砂糖菓子のような愛らしさだ。

「可愛い……」

思わず見入ってしまったのは、デコレーションのモチーフに使えそうだと思ったからだったのだが、航は店のスタッフにケースから出してくれるように言っている。

「えっ、航っ」

「ピアス穴あるだろ、合わせてみなよ」

スタッフに差し出されるままに受け取って、耳朶に近づけてみると、美桜の顔を覗き込んできた航は満足げに頷いた。

「うん、いい。よく似合う。これをください」

（えええっ⁉）

値段ははっきりとわからないけれど、美桜がふだんつけているピアスとは桁が違うはずだ。

「ねえ、買わなくていいよ」

声を潜めて言うと、航はショーケースに視線を落とした。

「他のがいい？　んー、これ……とか？」

航の指先を追った美桜は、プライスカードが目に飛び込んできて、ますます慌てた。

「そうじゃなくて！　なにもいらないの」

「そんなせつないこと言うなよ。プレゼントを贈る楽しみを、俺に与えてくれないのか？」

冗談まじりにそう言われるが、目が本気モードだ。美桜は返す言葉が見つからない。無駄づかいをさせたくなくて辞退したけれど、そういう問題ではないのが恋人同士のプレゼントのやり取りなのだろうか。

「……でも、私はなにもプレゼントしたことがないのに……」

「美桜と一緒にいられるだけで、俺は毎回とびきりのプレゼントをもらってる。まあ、どうしてもくれるって言うなら、そのときはありがたく受け取るよ。だから美桜も遠慮しないで、喜んでほしいな」

そうだ。航は気持ちを見える形で伝えようとしてくれている。

「……うん、ありがとう。すっごく嬉しい！　大事にするね」

今日の美桜の服装は、水色のストライプのロングシャツに白いワイドパンツだったので、そのままピアスをつけてティールームに向かった。

（航にもらったピアスをつけていると気分が上がるな。たしかに恋人になにかもらうのって嬉しい）

席に着いて向かい合っていても、微笑みを浮かべた航の視線は美桜の顔から離れなくて、気恥ずかしい。ちゃんとメイクしてきたつもりだけれど、暑さで崩れたりしていないだろうか。

美桜はアイスティーのグラスを手に取り、俯いて必要以上にストローで掻き回す。

「今日はどうする？」

「んー、外は暑いし……上の部屋でゴロゴロするってのはどう？」

思わず手を止めて目を上げると、航は慌てたように手を振った。

「もちろん、美桜が嫌じゃなければ、だけど」

「……嫌なはずがないじゃない……」

ふたりきりのデートというだけでときめいていたのに、思いがけないプレゼントまでもらって、美桜は最高の一日だと思っていた。その上航は、ふたりだけの空間まで用意してくれるという。

湊がじゃまだなんてことは、間違ってもない。美桜にしてみれば三人で過ごすことは、家族の団欒（だんらん）に他ならない。

しかし子どもを持つ夫婦がそうであるように、ときどきはふたりだけの時間が欲しいと思ってしまう。

「よかった。あ、湊をのけ者にしたいわけじゃないからな。おとなにはおとなの時間も必要だってこと」

「ふふ。わかってるよ」

先日の予定外のお泊まりが、思った以上に生殺しの時間だったと、航は白状した。

「一緒にいられるだけでいいと思ったんだ。でも、手ぐらい握りたいな、って……十代のガキじゃあるまいし、あんなに悶々（もんもん）とするなんて予想外だった。俺もまだまだ若いってことかな」

それを聞いて、もどかしかったのは美桜だけではなかったのだと、ほっとして嬉しかった。すでにデイユースで取ってあった部屋に行くと、横浜の街が一望できた。観覧車がゆっくりと回っていて、乗客と目が合ってしまうのではないかと思うくらいだ。

「すごくいい部屋だね」

湊を連れてきたら、きっと喜ぶだろうと思っていると、

「今度は湊も連れて泊まりにこよう。遊園地も近いし」

航はごく自然にそう提案した。

正午が近かったので、ルームサービスでランチを取った。美桜としては部屋代だけでも高額なのに、さらに出費がかさんでしまうと気になったけれど、

「チェックアウトまで部屋から出ないからいいんだよ。それこそ時間がもったいない」

航はそう言って、手早く室内電話から料理をオーダーした。

「いつも散財させちゃって申しわけなくて……半分出させてくれないかな」

そう言ってみたのだが、航は取り合わない。

「キザな言い方になるけど、美桜との時間を持てることが、俺的にはプライスレスなんだよ。それに、年齢のわりに貯金は多いほう。なにせ陸にいないこともあるから、使う暇がないんだ」

松花堂弁当風の和食は、目にも舌にも楽しいものだった。

「和食なんて久しぶり。天ぷら、美味しい！」

「あー、子連れじゃなかなか行けないよな。ファミレスがいちばん喜ぶだろ」

なにげない会話をしながらも、つい話題が湊関係に流れて、それに気づくと互いに笑い合う。

食後のお茶を飲むころになると、なんとなく空気が変わってきて、口数が減ってきた。

わざわざ部屋を取ったのは、ただゆっくり過ごすだけではないと、お互いに承知の上だ。

ラブホテルに連れ込まなかったのは航の気づかいだろうけれど、むしろそっちのほうが目的が明確で戸惑わなかったかもしれないと、美桜はここに来て勝手なことを思った。

（こんな明るいうちから……なんだか恥ずかしい）

カーテンが引かれているとはいえ、外は真昼の日差しがさんさんと降り注いでいる。

しかし、じっとしていても時間は刻一刻と過ぎていく。このまま帰ることになったら、絶対に後悔する。

美桜は意を決して椅子から立ち上がった。

「えっと……先にお風呂入ってくるね」

「だめ」

予想外の返事に、美桜は思わず航を振り返った。航は立ち上がって、美桜の肩に手を伸ばす。

「一緒ならいいよ」

頬が熱くなって、鼓動が走り出した。過去に航と一緒に風呂に入ったことはある。横浜のアパートの狭い浴室で、隣室に声が響かないかと気にしながら、それでも互いの身体から手が離せなかった。

「……うん、先に入ってるね」

美桜は航の手を押し返し、バスルームへ向かった。

ラグジュアリーホテルらしくシャワーブースと浴槽に分かれていて、手早く服を脱ぎ落とした美桜は、シャワーブースに入って身体を洗い始めた。背を向けていてもバスルームに航が入ってきた気配を感じ、振り返ろうか迷っている間に、背中から抱きしめられる。

「スタイルいいね」

「もう……お世辞はいいよ」

「そんなの言わない。本心なんだ。こんなになるくらい」

「あっ……」

ぐいっとヒップに押しつけられた昂ぶりに、美桜は息を呑んだ。反応を確かめるように、それは何度も美桜の脚の間に潜り込もうとする。危うい接触から逃れようと動いたら、腰が揺れるのを指摘された。

「誘惑されてるのかな？」

「そんな……」

否定しようとして口を噤む。逃げようとしたのは、航の戯れに焦らされていたら、いつか自分で尻を押し広げて迎え入れようとしたかもしれないからだ。しかしそれが航に好ましいなら、誘惑してしまえばよかった。

航はボディソープを手に取ると、美桜の肩から胸へと手のひらを滑らせていく。強めに乳房を揉まれても、泡で滑ってつるりと外れる。不意打ちのようなその刺激に、美桜の息は上がっていった。

「……んっ、……あ……」

仰け反った喉に、航の舌が這う。軽く吸われて、気が遠くなりそうだ。

尖った乳頭を手のひらで転がされて、もどかしさに奥歯が疼く。もっと強く感じさせてほしい。他のところも触ってほしい。

四年前と変わったのは、体型だけではない。むしろ外見の変化など些細に思えるほど、行為に対する悦びが大きくなっていた。四年もブランクがあって、その間に出産もしたのに、いつの間に熟していたのだろうと不思議なほど、航の愛撫と熱情に懊悩させられてしまう。

(こんなにいやらしくて……引かれたらどうしよう)

背後で存在を主張する怒張が大きく脈打って、美桜の情動を煽る。はしたなくも手を伸ばしそうになって、深く息をついて己を制止した。

「……もういい、から……交代……」

「洗ってくれるの？　それも嬉しいけど、ちょっと待って。もっと美桜を可愛がりたい」

シャワーで泡を流し始めると、航の手は美桜の下肢に伸びた。スリットに沿って滑った指が間に沈む。ソープは洗い流されているのに、航の指がなめらかに動くくらい、そこは蜜にまみれていた。

「すごいね、ぬるぬるだ……感じてくれて嬉しいよ」

襞を撫で上げられ、先端を掠めた刺激に美桜はあえかな吐息を洩らす。美桜の反応に眉を顰めることもなく、むしろ歓迎してくれているとわかって安堵した。その分、欲求が強くなる。もっと弄ってほしくて、無意識に腰を反らしてしまう。

無言の催促に応じるように、航の指は小刻みに揺れて、甘美な振動を送り込んでくる。ぼうっと熱を帯びたようなそこをもっと感じさせてほしくて、航の指が動きやすいように美桜は腰を反らす。

「顔を出してるよ。可愛いな……」

なにを言っているのだろうと思う間もなく、指が花蕾をつまんだ。興奮のあまり大きく膨らんで、尖りきっていたそれを啄むようにされて、喉奥から声が洩れる。

「あ、あ……」

身体をまさぐられている間から熱を帯びていたそこが、直截な刺激に痺れたようになって、美桜は背中を航に預けるように仰け反った。

花蕾を指の腹で撫で回されて、びくびくと腰が跳ねる。快楽に身を委ねたら、膝から崩れてしまいそうだ。

「……だめ、……立ってられないっ……」

「もういきそうだろ？　このまま——」

かぶりを振る美桜を、航はさらに激しく玩弄した。

「ああっ、航……」

美桜が顎を上げて喘ぐと、間近からそれを見下ろしていた航は小さく唸って、美桜の身体を壁に押しつけた。なにが起きたのかと把握するより早く腰を引き戻され、背後から貫かれた。

「ああっ……」

いきなり大きな質量で満たされ、美桜は衝撃の強さに声を上げながらも、それ以上に歓喜する自分の身体を感じた。

「美桜……、そんなに、締めるな……」

呻くように言いながら、航は貪るように美桜を突き上げた。再び花蕾をまさぐられて、美桜は急速に追い上げられていく。

航の動きが激しすぎて、ついには壁との間に挟まれるようになり、深く突かれるたびに爪先が床から離れそうになる。

「……愛してる」

耳に押しつけられた唇から聞こえた言葉に、恍惚(こうこつ)として内襞をざわめかせると、唸るような吐息の熱が耳殻を満たした。

「わからない――」

「……航……?」

息を弾ませながら目を上げるが、航の表情は見えない。

「どうしてこんなに好きなんだろう。やっと見つけた気がする。……誰にも渡さない――」

うわ言のように溢れ出る言葉は怖いくらいに情熱的で、いつもの航とは別人のようだ。しかし美桜に対する執着や独占欲のようなものが感じられて、心までもが昂ぶっていく。

「私も……好きっ……」

「……記憶をなくした自分が不完全に思えて、不安で……でも、美桜がいてくれて安心できるようになった。そばにいてくれ、ずっと――」

弱さが垣間見えるような台詞も、美桜にだから言っているなら特別以外のなにものでもない――そう思うと、美桜もまた航が愛しくてたまらなくなった。

うねる媚肉が波打つように怒張を締め上げて、美桜は全身を震わせながら達した。

抱き上げられてバスルームからベッドに移動し、今度は身体中余すところなく唇と舌で攻め立てられた。

「お願い、もっと……もっとしてっ……」

そんな言葉を引きずり出され、最後には自ら脚を開いて航を誘った。

ことが終わってしまえば、顔から火が出る思いだったけれど、航は至極満足げに美桜の髪を撫でたりキスをしたりしていた。

（はしたなく……本心から求めてしまった……）

夢中で口走っていた自分の台詞が恥ずかしい。

それにしても航はずいぶんと余裕があるというか、確実に四年の歳月が流れたのだなと、こんなところでも実感した。

再会するまでの間に、他の誰かと恋愛していたとしても、なんの不思議もないのだ。むしろ航ほどの男性が放っておかれたはずがない。

その彼が再び美桜のもとに戻ってきてくれたことを、感謝してもしきれない。

（今度こそ、ふたりで――ううん、三人で幸せになりたい）

服を身につけて、髪とメイクを整えた美桜は、鏡の前でピアスをしっかりとつけ直した。

「やっぱりよく似合う」

背後から肩を抱いてきた航と、美桜は振り返って長いキスを交わした。

4

ここのところしばらく航からの連絡がない。美桜が送ったメッセージも既読にならないままだ。

海自の潜水艦は交代で日本近海に潜り、警戒と監視を行っているそうだが、詳しいスケジュールなどは国家レベルの重要機密なのだという。同居する家族にもはっきりと口にしないらしく、航も美桜に伝えていない。

ただ、事前にそういう任務だと聞いていたから、たぶんそうなのだろうと思っている。美桜にできるのは、無事に帰ってくるのを祈ることだけだ。

(航が頑張ってるんだもの、私も仕事に集中しなきゃ)

今の季節はジュレを使った目にも涼しげなケーキが人気だが、形も崩れやすくデコレーションには気をつかう。美桜は後輩を指導しながら、隙間時間にソーダのジュレを試作していた。来年のシーズンメニューコンテスト用に、今から少しずつ組み立てていくつもりだ。

(さっき作ったのは悪くなかったけど……)

出来上がったケーキをショーケースに補充しながら、客の目線を追ってどういうものに目が留まるのかを確認していると、厨房に通じるドアの窓からアルバイトの女子学生が帰ろうとしているのが視界に入った。

「お疲れさまでーす」

「ちょっと待って！」

女子学生が通用口から出ようとするのを、美桜は追いかけて呼び止めた。

「お疲れさま。これ、持って帰ってよかったら試食してくれない？」

「えっ、私でいいんですか？　ありがとうございます」

「ソーダジュレを使ってるの」

「あ、聞きましたよぉ。潜水艦のプレートが載ってるって」

彼女はショップカウンター担当なのに、伝わるのが早いなと美桜は苦笑する。

「彼氏さんがサブマリナーなんですよねぇ。なんか愛だなあー」

続けて飛び出した言葉に、美桜は焦って両手を振り回した。

「なに、それ⁉　彼氏なんて……！」

「またまたー。愛梨（あいり）が横浜でデートしてるの見かけたみたいですよー。超イケメンだって言ってましたよ。美男美女でお似合いのカップルですねぇ、いいなぁ」

美桜は通用口のドアにしがみついて、深く息をついた。

「……他言無用でお願い……」

「けっこうみんな知ってると思いますけど。言わないだけで。じゃあ、遠慮なくいただいていきまーす。お疲れさまでした！」

暑さをものともせずに速足で立ち去っていく女子学生を見送りながら、美桜は我知らず口元が緩むのを感じた。

（お似合いだって……いやいや、油断しちゃだめだよね。横浜ならだいじょうぶだろうと思ってたけど、そのくらいじゃ全然生活圏内だった……）

シングルマザーなのだから、節度ある行動をしなければならない。少なくとも湊の肩身が狭くなるような噂（うわさ）は避けたい。

そんなことを考えながら厨房に戻ろうと踵を返す直前、通りの反対側で立ち止まってじっとこちらを見ている女性に気づいた。すらりとした身体に、シンプルな麻のワンピースを身につけている。大きなウェーブのかかったロングヘアに、サングラスがさりげなく決まっていた。

『Ｍｉａｍ』のショッパーを手にしていたので買い物客だろう。美桜は一礼して通用口を潜った。

仕事を終えて店を出た美桜はスマートフォンで時刻を確かめ、メッセージアプリも確認した。航からの連絡はまだない。

ため息が洩れそうになるのを呑み込んで歩き出すと、ふいに背後から呼び止められた。

「池端美桜さん？」

振り返ったそこには、先ほど通用口付近で見かけた女性が立っていた。すでに日も暮れてサングラスは外していたが、その美貌が美桜を睨んでいる。

（どうして名前を知ってるの……？）

女性はヒールを鳴らして歩み寄ると、間近から美桜を睥睨（へいげい）した。元から長身なところに踵の高いサンダルを履いているので、威圧感を覚える。

「そ、うですけど。どちらさま――」

「園井（そのい）綾香といいます」

名前にも憶えはない。そもそもこんなにインパクトのある美人なら、忘れるはずもない。なんの用だろう。

美桜が黙っていると、綾香はイライラしたように髪を掻き上げた。

「あなた、まだ航につきまとってるの？　いい加減にして」

航の名前と美桜を非難する言葉に、驚きのあまり言葉も出なかった。

（……この人はいったい誰なの？）

それに、つきまとうとはどういうことだ。まさか航がそう言ったのだろうか。そんなはずはない。自分たちは互いに惹かれ合って、つきあっている。航は美桜にプロポーズする意思もあるくらいで――。

「……なにをおっしゃっているのか、意味がわかりません」

どうにかそう返すと、綾香は柳眉を吊り上げた。美人というのはどんな表情をしても美しいと、こんな状況なのに思う。

「しらばっくれて……」

綾香の憤りはますます大きくなったようで、腕組みをして音高く踵を鳴らした。

「航が記憶喪失なのは知ってるんでしょ。それをいいことに性懲りもなく――」

綾香もまた航の記憶喪失を知っているということは、それなりに近しい立場なのだろうか。

しかし美桜のことは、とことん誤解しかしていないようだ。

どうすればいいのだろう。航との関係を綾香に打ち明けていいものかどうか、美桜は迷った。

「あなたなんかに航がなびくわけないって、わからない？　前だって、ずっとあなたと縁を切りたがってたのよ。迷惑だったの。あなたのことを憶えてないのは、きっと忘れたかったからだわ」

矢継ぎ早に投げつけられた言葉に怯（ひる）んだ美桜だったが、特に最後の言葉はぐさりと胸に突き刺さった。

航がなくしてしまった記憶の中に、美桜は丸ごと含まれている。それは、航にとって美桜がその程度の存在でしかなかったということではないだろうか——その懸念はつねに美桜の中にあったのだ。

そんなふうに考えるのは美桜だけでなく、誰でも同じように受け止めるのだと思い知らされる。

しかし、つきまといなんてしていない。再会は偶然だったし、アプローチしてきたのは航のほうだった。

けっきょくなにも言い返せずに立ち尽くしている美桜に、綾香は勝ち誇るように顎を上げた。

「とにかく、航に近づかないで。私と航は一心同体みたいなものなの。航が大切なのよ。ずっとそばで支えてきたのも私だわ」

（……この人が……？）

四年の間に航が他の女性とつきあっていたとしても不思議はないけれど、実際に目の前に現れると現実味を増した。おそらく年齢は美桜よりも上だが、誰もが目を留めるような華やかな美女だ。先ほど女子学生にお似合いと言われて浮かれていた美桜だけれど、航と綾香が並んだほうがずっと見栄えがする。

（こんな人がいたのに、航はどうして私と……？　……航は、プロポーズする前に解決しなきゃならないことがある……って言ってた。それって……綾香さんのこと？）

美桜だけだと言っていた。美桜だけを愛している、と。しかし綾香の口ぶりでは、ふたりの関係はまだ終わっていないのでは――。

「あなた、自衛官がずいぶん好きみたいだけど、どうせうわべだけのミーハーでしょ。どれだけ大変で危険な仕事かわかってるの？　命がけの任務だってあるのよ。冷静でなきゃいけないのに、あなたが煩わせるから生死をさまよったことだって――」

事故に遭って記憶をなくしたときのことだろうか。よほどひどいけがだったのか。航がさらりと流したこともあって、詳しくは聞いていない。記憶をなくして美桜のことを忘れていると知ったことが、ショックだったこともある。

しかし、航の身を案じるのが本当だったのではないか。あのときの美桜は、自分のことばかりだった。

重傷の航に付き添い、そばで支えていたのが綾香だったのだ。きっと、恋人として。美しく献身的な綾香を、航は愛したのかもしれない。

そして四年前、美桜とは別れたがっていたという。初めての恋に夢中になっていた美桜にはわからなかったが、相思相愛だと疑いもしなかったのは、ただの思い込みだったのだ。

（航にとっては遊びだったのかも――）

最後に会う約束をしていた日、航は美桜に別れを告げるつもりだったのかもしれない。幸か不幸か、その日は訪れなかったけれど。

無言で反応がない美桜を忌々しそうに睨んで、綾香は指を突きつけた。

「たしかに言ったわよ？　金輪際航にはかまわないで」

気づいたときには、綾香の姿は見えなくなっていた。美桜は頭がぐちゃぐちゃのまま、湊が待つ保育園の方角へ歩き出した。

（……どういうこと……？）

別れたいと綾香に愚痴をこぼすほどだったのに、記憶をなくした今の航は、積極的に美桜にアプローチして、プロポーズの意思まで伝えてきた。

記憶をなくしても、航の本質まで変わることはないだろう。前回は最終的に美桜と別れようとしたのだから、今回もまたどこかでそういう結論にたどり着いてしまう気がした。

綾香は関係を解消したくなくて美桜のところに乗り込んできたのだろう。綾香は航に、美桜が「以前につきあっていた、つきまといの女」であると伝えていないに違いない。それとも、伝えたけれど、記憶のない航はそれを信じていないのか。

いずれにしても、美桜が妊娠に心細さを感じ、出産育児と目が回るような日々を過ごしていた間、航はそんな美桜の存在すら忘れて、綾香と恋愛をしていた。気持ちは複雑だけど、それはしかたなかったと思う。

（だけど、まさか別れたがっていたなんて――）

別れを告げる前に事故に遭い、結果的に航の思惑どおりになった――。記憶がないのだから当然良心の呵責もない。

そのまま綾香とつきあっていれば、なにごともなくゴールを迎えただろうに、皮肉にも運命の偶然が航と美桜を再会させた。そして、航は美桜に惹かれた――また。

航を愛している美桜の心にバイアスがかかっているとしても、航が美桜を好いていることに間違いはないと思う。この先どうなるかはわからなくても、今は。

愛しているのに、もう一度航とやり直したいと願っていたのに、その気持ちが大きく揺らいでいた。

(今の航の気持ちを信じたい。でもまた別れるっていう結論になったら……)

でも、彼の過去の気持ちを知った今は、今度も同じ結末になるのではないかと思ってしまう。

綾香との話に時間を取られ、お迎えがいつもよりも遅くなってしまった。保育園の門を潜ると、帰り支度をした湊が下駄箱のところに座り込んでいる姿が見えた。

「湊、ごめんね、遅くなって」

美桜を認めたとたん、湊は駆け出して美桜の膝にしがみついてきた。

「ママっ……もうあえないかとおもった」

「あらあら湊くん、心細くなっちゃったかな。おかえりなさい」

後を追ってきた保育士に会釈を返して、美桜は湊を抱き上げた。湊はべそをかいている。

「いつだってママは湊と一緒だよ」

湊に答えながら、美桜は胸が詰まって、保育士に礼を言って早々に踵を返した。この子には自分しかいないのだ。そして、全身全霊で慕ってくれている。

シングルマザーとして生きていくと覚悟を決めたくせに、なにを浮ついていたのだろう。美桜がいちばんに考えなければならないのは、湊の人生だ。

そう思う気持ちに偽りはないのに、ひどく悲しくて心が乱れる。綾香にさまざまな事情を聞かされて、なにが本当なのかわからない。

綾香は終始美桜を敵視していて、態度も言葉も辛辣だったが、だからこそ航のことを真剣に想っているのだろう。

一緒に過ごした時間が楽しく幸せで、それが偽りだとは思いたくない。しかし、別れようと言われたら——。

（いつのまにか、航なしの人生なんて考えられなくなっている）

「ママ——」

湊がぎゅっとしがみついてきて、美桜は歩きながら湊を抱え直した。

「湊、重くなったなー。そろそろ抱っこも無理かも」

「やだあ、ずっとだっこするもん。ママのだっこがいちばんすき。あと、わたるおにいちゃんのかたぐるま……」

その言葉に、美桜の顔から笑みが消えていく。

航の存在は、湊の心にも刻まれてしまっている。航のプロポーズも相まって、将来を夢見ていたこともあり、交流を制限しなかったことが今は悔やまれた。

急に航との交流が途絶えたら、湊は寂しがるだろうか。不可解に思って、きっと会いたがるだろう。湊にも酷な結果になってしまう。

（でも……綾香さんのことが解決して、もし航が今回は私と別れようと思わなかったとして、このまま結婚まで進んでも、航は急に長い間いなくなったりするんだ……どこにいるかもわからないまま）

それが仕事だといっても、周囲で見る父親と違い、必ず毎日帰ってくるとは限らない航に、幼い湊は寂しい思いをするかもしれない。聞き分けのいい子だけれど、今日のように美桜の迎えが遅くなって不安がることもある。

『命がけの任務だってあるのよ。冷静でなきゃいけないのに、あなたが煩わせるから生死をさまよったことだって――』

綾香の言葉を思い出し、湊を抱く手に力が入った。

四年前に起きたという事故は、美桜が考えていた以上に大きなものだったようだ。航の命が危ぶまれたほどの。

サブマリナーとして務める以上、つねに命がけなのだということが、今さらながら身に染みた。太陽の光が届かない海中深くで、何日も過ごすのだ。危機に遭遇しても、救援が来るには時間がかかる。間に合わないことも、異変に気づくのすら遅れることだってあるかもしれない。

　航は、仕事に愛着も誇りも持っているのだろう。好きなことを仕事にしている美桜も、その気持ちは理解したい。

　しかし航にもしものことがあったら、湊になんと言えばいいのか。子どもに父親を失う悲しみなんて味わわせたくない。美桜だって――きっと耐えられない。

「おにいちゃん、いつくるの？」

「……わからないな。お仕事が忙しいみたい」

「えー、つまんないの」

　航にはまだ湊のことを言っていない。美桜が他の誰かと儲けた子どもだと思っている。

　湊の様子を見て気持ちが固まったら、打ち明けようと思っていた。そうするべきだと。だけど、それは過去につきあっていたことも伝えることになり、つまりは別れたがっていた相手だと知られてしまう。

　それでも航は、美桜と結婚したいと思うだろうか。

　アパートに帰り着いた美桜は、テーブルの前に座り込んでしまった。

「ママ、つかれちゃった？　ごめんね、ぼくおもかった？」

「ううん、だいじょうぶだよ。うがい手洗いしてこよっか。かばんもお片付けしてね。ひとりでできるもんね」

「はあい！」

ついこの前まで楽しくて幸せで、これから三人でもっと幸せになるのだと思っていたのに、今はそんな未来が思い描けない。

四年前に航に振られたと思っていたのは、結果として事実だったたし、それを憶えていない彼が再び美桜に求愛してきても、いつ心変わりをするかわからない。二度の失恋に、美桜は耐えられそうにない。

考えながらも、食事を手早く用意した。

「しょっぱい」

顔をしかめてカップの麦茶をごくごくと飲む湊の姿に、美桜はオムライスを口に運んだ。

「うわ、本当だ……ごめんね、味つけ失敗しちゃった。湊、それ食べなくていいよ。おにぎり作るから、それでいい？」

「うん、おにぎりすき！　ツナマヨね」

急ぎおにぎりを用意して、それを頬張る湊を眺めながら、美桜は申しわけなくてため息をついた。こんなことでは、仕事でもミスをするかもしれない。

「ママは？　たべないの？」

「えっ……うーん、あまり食欲がないかな」

「はい、あーん」

食べかけのおにぎりが口元に差し出された。

「ごはんたべないと、げんきがでないよ」

いつも美桜に言われている台詞を、湊は得意げに口にした。思わず笑ってしまう。

「ふふ、そうだね。うん、美味しい」

絵本を読んで湊を寝かしつけ、そのまま美桜も布団に仰向けになった。

（……今なら、まだどうにか引き返せる……）

やはり自分たちは別れたほうがいいのだろうか。

もう一度航と人生をやり直すよりも、湊を育てることと仕事に全力を尽くして、いい思い出だけを胸にとどめておけばいいのかもしれない。

……でも――。

ぎゅっと摑まれるように胸が痛む。航のことが好きでたまらない。彼のいない人生なんて、もう考えられない。

5

最近の子どもは誕生日だけでなく、生後何日記念日なんてものも祝う。なんだか年中お祝いをしている気もするけれど、保育園で子ども同士の話題に上がったりするらしい。

「いち、に、さん、し、だよね？」

「そう、千二百三十四日」

「せん？　いちじゃないの？」

湊の疑問に、美桜は説明に困りながら、ケーキの材料を揃えていった。ケーキを焼いて、夕食を湊の好きなメニューにするのだ。

綾香に乗り込まれてから数日後、航から連絡があった。綾香と美桜が会ったことは知らないらしく、任務でしばらく基地を離れていたのだと、いつもと変わりない口調で言っていた。

『帰る日を指折り数えてたよ。今度の休みは明後日だっけ？　今すぐにでも顔が見たいな。ちょっとだけ時間ない？』

どこか甘えを含んだ声を聞いていると、綾香が言っていたのはすべて嘘だったのではないかと思えてきて、自分たちの未来は期待と希望に輝いて見えた。

離れていた時間が惜しくて、航が恋しくて、すぐにでもOKと答えてしまいそうになったけれど、ぐっとこらえた。

「もう遅いよ。航だって疲れてるでしょ。明後日は……予定を入れちゃった」

どうにかそう返した美桜に、

『……そっか。しかたないな。美桜の声を聞けただけでよしとしておくよ』

航は声音にせつない色をにじませながらそんなふうに言ってきたので、ひどく後ろ髪を引かれた。

『じゃあ、その次は？』

食い下がられて、美桜は断る言葉が見つからなかった。こんな気持ちのままで航に会っても、きっと笑顔を見せられない――いや、なにも知らなかったことにして、これまでの関係を続けてしまいそうだった。それくらい、航を愛する気持ちに変わりはなかった。湊にも、自分自身にもいいことではないのに。

「そ、その日は湊のお祝いをするから……」

『お祝い？　なんの？　誕生日じゃないよな』

美桜は取り繕えず、正直に子どもの誕生記念日について説明すると、航は自分も参加したいと大乗り気になった。

そして――当日を迎えている。

スケジュールとしては美桜がケーキと食事を用意し、夕方に航がアパートを訪れて、湊の記念日を祝う。

美桜はまず、ケーキのスポンジを焼いた。オーブンの中で少しずつ膨らんでいくスポンジを、湊はワクワク顔で見つめている。

「そんなに近づくと、顔が熱くなるよ。あ、絶対触っちゃだめだからね」

「はーい！」

湊はオーブンから離れ、調理台に立つ美桜にくっつくように並んだ。包丁を使っているので、これはこれで気になる。

「わたるおにいちゃん、なんじにくるの？」

「んー、短い針が五になるくらいかなあ」

まだ時計が読めない湊だが、それがずいぶん先だということはわかるらしく、唇を尖らせた。

「えーっ、まだまだこないじゃん！　つまんなーい」

「準備だってまだできてないよ。今来てもらっても困っちゃうよ」

「あそべるよ。ぼく、こうえんにつれてってあげようかな」

そんなやり取りの中、チャイムが鳴った。

「ぼくがでる！」

美桜が手を拭くより早く玄関ドアに走った湊に、慌てて声を張り上げた。

「湊、勝手に鍵を開けたら――」

「おにいちゃん！　こんにちは！」

（ええっ、もう来たの？）

「こんにちは。ていうか、まだおはようの時間かな？」

美桜が仕切り戸から飛び出すと、航がたたきに立っていた。湊の頭を撫でながら顔を上げて、美桜に笑いかける。屈託のないその笑顔に、美桜の胸は締めつけられた。

会うのは何日ぶりだろう。航の姿を目にして、ずっと会いたかったのだと思い知らされた。

「ごめん、早くに押しかけて。なんか待ちきれなくてさ」

「いらっしゃいませ。あがってー！」

立ち尽くす美桜に代わって、湊が航の手を引いた。ふたりがテーブルの前に腰を落ち着けたところで、美桜もようやく我に返る。

「いらっしゃい。まだなにもできてなくて……なにか飲む？」

「おかまいなく。明日からまた連絡できなくなりそうで、お祝いが今日でよかったよ。そうだ、湊おめでとう。これプレゼント」

「ありがとう！　なにかな？　あけていい？」

包みから出てきたのは、イージス艦のフィギュアだった。

「まやだ！　かっこいい！　おにいちゃんもこれにのってるの？」

「いや、他のやつだよ」

航がサブマリナーだということは、湊は知らない。子どものなにげないひと言で情報が洩れないとも限らないので、慎重を期している。

「生まれて何日だって？」

「いちにさんしにち！　ママがケーキつくってくれるって」

「それは楽しみだなー」

「おにいちゃんは？」

「ん？」

「おにいちゃんもつくって。おいわいだから」

戸惑う航を見て、美桜は慌てて口を挟んだ。

「お兄ちゃんにはプレゼントをもらったでしょ」

「えー、だって……」

なぜか駄々をこねる湊を庇うように、航は首を振った。

「いや、いいよ。リクエストなら応えないわけにはいかない。記念日だもんな。といっても全然やったことないんで、美桜がフォローしてくれる？」

「本気なの？」

とんでもないことになってしまって、美桜は恐縮しつつ頭を回転させた。

航は菓子作りどころか、自炊もほとんどしないと言っていた。超がつく初心者の彼が作れるものといったら、やはりパウンドケーキが無難だろう。

（――あ、ウィークエンド・シトロン……）

頭に浮かんだのは、記憶をなくす前の航が気に入ってくれたケーキだった。

もともと美桜は湊が好きな生クリームのデコレーションケーキを作るつもりでいたから、もうひとつは航が食べられそうなものにしたほうがいいだろう。

ざっと手順を説明して、航の手元を見守りながら調理の続きを始める。煮込みハンバーグでよかった。手が空いた隙に航を手伝える。

材料を順番に混ぜ合わせながら、航はときどき手を止めて首を捻っていた。やはりふだん料理をしない人間に、ケーキ作りはハードルが高かっただろうか。

「次はそっちのボウルの――」

ハンバーグソースの味を決めて振り返ると、航はすでに美桜が指示しようとした作業に入っていた。美桜の視線に気づいて、航は驚いたように手元に目を落とす。

「え？　違ってた？」

「ううん、合ってる……よくわかったね」

生地を混ぜながら、航は笑みを浮かべた。

「うん、なんか……作り方の想像がついて。これって、才能アリってことかな？」

（もしかして……憶えてるのかな……？）

以前、美桜がウィークエンド・シトロンを作るのを、航はそばで眺めていたことがあった。レシピを説明しながら作っていたから、それが頭のどこかに残っているのかもしれない。

美桜が作ったのは、白桃をあしらった生クリームたっぷりのケーキだ。生クリームもモモも湊の大好物で、煮込みハンバーグとジャガイモと玉ねぎのポタージュとともに、旺盛な食欲を見せた。

ただ、ウィークエンド・シトロンは酸味が口に合わなかったようで、ひと口齧ったきりだった。航がおねだりを聞いてくれたことそのものが嬉しかったらしく、美桜以外には彩葵にもめったにしない頬にキスという感謝を表していたけれど。

夕食後も航を相手におもちゃで遊んだり、絵本を読んでもらったりしていたが、ついには電池が切れたように眠ってしまった。

「湊、お風呂はどうするの？」

「寝かしてあげなよ。はしゃいで疲れたんだろう」

美桜が奥の部屋に布団を敷いていると、航は湊を抱き上げて運んでくれた。襖を閉めて居間に戻ったとたん、ふたりきりでいることに緊張した。

「……お茶淹れるね。あ、ケーキ食べてみる？　パウンドのほう」

「あ、うーん……厚さ半分で」

カフェインレスの紅茶と、切り分けたウィークエンド・シトロンをテーブルに運び、ひと口味わう。美桜がそばについていたとはいえ、初心者にしては上出来の仕上がりだ。

「うん、美味しい」

促すようにそう言うと、航はフォークに挿したそれをじっと見下ろして、おもむろに口にした。ゆっくりと咀嚼するさまを、美桜はそっと見守っていたが、感想が出ないままにまたケーキを食べる。

（やっぱり口に合わないのかな？）

気になり始めた美桜を、航は顔を上げて見つめた。少し驚いたような、戸惑うような表情だ。

「……甘いもの得意じゃないのに……美味い」

「そ、そう……それならよかった」

ほっとしてフォークを握り直した美桜の耳に、続いて言葉が入ってきた。

「なんか……食べたことあるような……」

ケーキを切り分けようとした手が止まる。息をつくのも忘れて、航を凝視した。

（……まさか、思い出したの……？）

「……航……」

美桜の呼ぶ声にも気づかないのか、航は黙々とケーキを食べていた。心ここにあらずの体だ。それを美桜は、息を詰めたまま見つめる。

記憶が回復するのに決まった方法や処置はなく、おのおのできっかけは違う。もちろん、思い出さないこともある。

失った記憶が戻るのは当人にとってなによりなのかもしれない。けれど、航が美桜との過去の交際を思い出したら、厭って別れようとしていたことまで知られてしまう。

それだけではない。時期を鑑みれば、湊が自分の子だとも気づいてしまうかもしれない。黙って湊を産んだ美桜を、航はどう思うだろうか。

(別れるつもりだった女が自分の子を産んだなんて、脅威でしかない……)

美桜を忘れてしまった、憶えていないのが悲しいなんて思っていたけれど、今、記憶が戻っても、航は美桜とこのままつきあうだろうか。まだ結婚したいと思ってくれるだろうか。

(……ううん、きっとそんな気持ちは消え飛ぶ……)

かつてないほど追い詰められた心地で、美桜は唇を震わせた。

(どうしたらいいの？　どうしたら――)

皿が空になっているのに気づいた航は、フォークを置いてかぶりを振った。

航の記憶が戻るのが怖い。美桜の鼓動は高鳴って、胸を突き破りそうだ。

「……なんか──」

「綾香さんに会ったの」

航がなにか言い出すのを遮りたい一心だったが、飛び出した言葉には美桜自身も驚いた。自分はなにをしたいのだろう。

「……綾香に？　どうして……」

航は驚いているだけでなく、どこか狼狽えるように視線を泳がせた。それは知られたくなかったことを美桜に知られてしまった気まずさのように見えて、やはり航と綾香がつきあっていたのは事実なのだと思わせる。

（……もう、だめだ……）

いずれ綾香だって美桜と会ったことを航に伝えるだろう。おそらくそのときに美桜と航の過去も、記憶が戻る戻らないにかかわらず、航の知るところとなる。

しかし綾香が思っているような、浮ついた軽い気持ちではなかったと、せめてそれだけは知っておいてほしい。

美桜は膝の上で拳を握りしめ、俯いていた顔を上げる。航はなにを思っているのか、ただ、これまでのように美桜に微笑みかけてはいない。

「……ごめんなさい。今まで黙ってたけど、私あなたとつきあってたの。もう四年も前になる。あなたが事故に遭う前よ。あなたは私を忘れてしまったみたい」

航は言葉もなく目を見開いた。本来なら再会してすぐ、そうでなくても記憶をなくしていると知った時点で、打ち明けるべきことだった。それをせずに、なに食わぬ顔でつきあうなんて、航の気持ちを弄んでいたと思われてもしかたない。

「……どうして急に言う気になったんだ？」

まだ話が呑み込めないのか、航は呆然としている。

「つきあってたけど、うまくいかなかった……もしかしたら今度は、って思って……でも、やっぱり無理みたい。きっと、また同じことを繰り返すわ。だから――」

目が潤みそうになるのを必死にこらえて、美桜は航を見つめた。

「だから、もう終わりにしよう……？」

また嫌われてしまうくらいなら、その前に離れてしまいたい。短い時間だったけれど、楽しい思い出ができた。夢も見させてもらった。それで充分だと思おう。

「私には湊がいるし……あなたにも――私と会わなきゃ今でも恋人同士だったはずの……綾香さんがいるでしょ」

ふいに航は眉根を寄せた。

「待ってくれ。恋人って、綾香のことか？　それは違う」

「なにが違うの？　綾香さんがそう言ったのよ」

「恋人だって？　ありえない。きみの勘違いだよ。綾香は双子の姉だ」

今度は美桜が言葉を失った。

（……双子の姉？　でも……綾香さんが嘘を言ってるようには見えなかった。けど、航がこの状況で嘘をつくとも思えない……）

美桜は混乱しながらも、綾香との会話を思い出そうとした。恋人という単語はなかったかもしれないけれど、一心同体も同じだとか、ずっとそばで支えたとか、もっと親密なものを感じた。美桜と航の関係なんて、ずっと軽いと思わせるような――。

「美桜――」

航が腰を浮かすのに気づいて、美桜は跳ねるようにテーブルから離れた。

「ごめん、今日は帰って」

今はひとりになりたくて、そう口をついて出た。美桜に近づこうとした航は、その言葉に足を止めた。つらそうな表情に美桜も胸が痛くなるけれど、きっとこの状態で一緒にい続けるほうがよくない。

航はしばらく立ち止まっていたが、玄関に向かった。靴を履く気配に、美桜は思わず後を追う。本当に自分はなにがしたいのだろう。頭の中も行動もぐちゃぐちゃで、できることなら気を失って倒れてしまいたい。そうしたら航は血相を変えて、そばにいてくれるかもしれないなどと、身勝手な想像をしてしまう。今しがた、航に帰ってくれと言ったのは自分なのに。

今にも美桜のほうから航を引き止めてしまいそうで、身体の脇で拳を握って震わせていた。

「……帰るよ。明日から任務に就く。またしばらく連絡できないけど――」

そういえば、来たときにそんなことを言っていたと、航の顔を見ながら美桜は手を伸ばしたくなるのをこらえる。また会えなくなる――いや、任務に関係なく、もう会えないのかもしれない。自分から別れを口にしたくせに、もう後悔している。

「過去がどうだったとしても、今はきみが好きだ。結婚したいと思ってる。戻ったらプロポーズしに来るよ」

気づけば玄関ドアが閉じて、航の姿は消えていた。

美桜は深いため息をつきながらたたきに頽れる。

航の最後の言葉を受け入れるには、あまりにもいろいろなことがありすぎた。どれもが美桜の中で消化できずに、ぐるぐると渦を巻いている。自分に都合のいいことだけを選んで信じるにも、ピースはそれぞれが繋がっていて、不安や疑惑が切り離せない。

美桜がずっと過去を隠していたことも、航に知られてしまった。航も冷静になれば考えが変わって、そんな美桜とつきあうのは躊躇するかもしれない。美桜が航との未来を信じられないように、航だって美桜を信用できないだろう。結婚なんてもっての外だと思っても、不思議はない。

やっぱり……そういう運命だったんだ……。

6

翌日も航からの連絡はなかった。任務が入ったと言っていたから、そんな時間はなかったのかもしれないし、それこそ早朝からの出動だったのかもしれない。

連絡をもらったところで、美桜の心もまったく落ち着いていなかった。それでも航の声が聞きたい、言葉が欲しいと願ってしまうのだから、恋心とは勝手なものだ。

(自分から別れようって言ったくせに……)

でも、あのときはそう思った。押し寄せてきたあれこれに、このまま関係を続けてもいい結果にはならないだろうと感じたのだ。

航ばかりを責めるつもりはない。真偽のわからない情報に振り回されてしまう美桜も弱い。その上、航が憶えていないからと、美桜は過去を明らかにしないままだった。これは航にしてみれば、美桜の裏切りと取られても言いわけできない。誠実だったとはとても言えない。

とにかく当分の間、航からの連絡はないはずだ。これきりの可能性だってある、と思いながらも、最後の言葉が頭の中に響く。

『過去がどうだったとしても、今はきみが好きだ。結婚したいと思ってる。戻ったらプロポーズしに来るよ』

きっぱりと告げてくれたことに胸をときめかせながらも、それは過去に美桜と別れたいと結論づけた己の感情を憶えていないからだとわかっている。

航を好きになればなるほど、離れるときが怖い。これ以上は無理だ。きっと美桜には耐えられない。

「ママ……？」

奥の部屋から湊の声がした。部屋の隅で膝を抱えていた美桜は、はっとして襖を開く。夏の夜明けにもまだ早い時間だ。ずっと考え込んでしまっていたらしい。美桜は努めて笑顔を見せた。

「起きちゃったの？　まだ夜だよ。もうちょっと寝ようか」

「うん……ママは？」

布団の上に座った湊は、ぼんやりした目で美桜を見上げた。

「ママも寝ようかな。さあ、横になって」

湊を腕に包むようにして一緒に横たわると、小さな頭を胸に擦りつけてくる。

「どこいってたの？」

「え？　ずっと隣の部屋にいたよ」

「いなかった。ずっとさがしてたの」

かぶりを振る頭を、美桜は優しく撫でた。

「夢を見たんだよ。ママがいなくなるわけないでしょ」

そう言い聞かせながらも、美桜はどきりとした。そんな夢を見るなんて、湊は不安を感じているのだろうか。美桜の心が不安定なのを、肌で感じている？

こんなことではいけない。母親である美桜が第一に考えるべきなのは、湊のことだ。ひとりで育てる決意をして、湊を産んだのではなかったか。

これから湊もどんどん知恵がつき、さまざまな事情を理解するようになる。そのときに胸を張っていられる母親でいなくてはならない。

湊が生まれたときから、私は女じゃなくて母なんだ。恋に惑う時期は、もう終わらせたはず。


昼休憩の時間に、美桜は店長に誘われて近くの蕎麦屋に行った。

テーブルごとに高い仕切りで分けられた席は、個室に近くくつろげる。

天ざるそばは、からりと揚がった天ぷらが香ばしく、きりりと冷たいそばも喉越しだよく絶品だった。

（こういうお店だったら、湊と一緒でも安心かな……）

食事を終えて、お茶を飲みながらそんなことを考えて店内を眺めていると、店長が口を開いた。

「実はね、先日、店長会議があって――」

四十代に突入したばかりの店長は、最年少で『Ｍｉａｍ』の店舗を任されたやり手だ。美桜が出産後も続けて働きたいと希望を出したときも、上層部同士の相談で、復帰後は横須賀店で引き受けると申し出てくれたと聞いている。

彼女も中学生になる女の子の母親で、子育ての点でも相談できる上司だった。

「池端さんを横浜本店に戻す案が出てるの」

「えっ……あの、なにか問題があったでしょうか？」

美桜は本店以上に楽しく仕事をさせてもらっていたが、上司や周りがどう思っていたかはまた別だ。湊のことで、どうしても出勤できないときもあったし、不満を持つスタッフがいなかったとは言いきれない。

特に最近の美桜は、物思いにふけっていることも多く、チーフという立場にふさわしい働きができていたかと問われたら、答えに窮してしまう。

「えっ、やだ違うわよ」

店長は笑って手を振り、お茶を飲んだ。

「むしろ小さい子を抱えて、一馬力でよくやってるって感心してる。店としても不可欠な人材だし。ただ先を見据えて、指導者とかまとめ役としての経験をもっと積んでほしいと思ってるのよ。そのステップとしての異動の提案だと思って」

マイナス要因からの異動ではないと聞いて安堵したものの、別の意味で身が引き締まる。店側は美桜を買ってくれているようだけれど、果たして自分にそれほどの能力があるだろうか。店長のことは尊敬しているし、目標としているが、自分がそんなふうにやっていける自信がない。

「期待してもらえるのは光栄ですけど、私なんかとても……」

「もちろん今すぐにどうこうって言うんじゃないのよ。まあ、はっきり言ってパティシエとしても発展途上でしょ。もっと腕を上げてほしいのはもちろんだし、それと並行して経営のノウハウを学んでくれたらと思ってる。本店は規模も大きい分、部門も分かれてて、それぞれを細かく見られると思うのよ」

どう、というように顔を覗き込まれて、美桜は返答に迷った。

「……思いもよらなくて。お言葉はありがたいんですけど……」

仕事ぶりを認めてもらえての抜擢なら、素直に嬉しい。パティシエを続けていくつもりなら、願ってもないことだとも思う。

それなら自分は、なにを迷っているのだろう。

反応の思わしくない美桜に、店長は「そうそう」と手を叩いた。

「肝心なことを言い忘れてた。給料も上がるわよ。これくらい。子どもがいれば、これからますます物入りになるし、悪い話じゃないでしょ」

立てられた指の数は魅力的だったけれど、それでも頷くのは躊躇われた。

「……横浜だと引っ越しも考えなきゃならないし、今の保育園が湊に合っているみたいなので、新しいところに変わるのも……」

「うーん、そうかあ……」

店長はため息をついて椅子の背にもたれた。

「いい話だと思うんだけどね。池端さんにとっても、店にとっても。ねえ、ここで返事は聞かないから、いったん持ち帰って考えてみてくれる？」

そこまで言われては、この場で断るのも憚られて、美桜は頷いた。

その夜、湊を寝かしつけてから昼間のことを考えた。

返事は先送りしたとはいえ、自分はもう断ると決めていたのだろうか。湊を育てていくことを考えたら、それなりのポジションに上り詰めることも、給料アップも、必須だろう。ケーキを作っていれば、それで満足なんて言っている場合ではないのに。

（向こうから打診されたチャンスをふいにするなんて……）

湊の環境を変えることに抵抗があるのも事実だった。美桜の様子がおかしいのを敏感に察知するような子どもだ。毎日過ごす場所や友だちが変わったら、きっと大きな影響があるだろう。

湊のためと思いながら逆になりそうで、それが自分の都合なら行動に移すのは躊躇われた。

（……ううん、それだけじゃない）

美桜もまた、この場所を離れるのは気が進まない。その理由は——航との距離が開いてしまうからだ。

性懲りもなく未練がましいことを言っているのはわかっている。別れてしまったら、物理的な距離がどうだろうと、会うこともない。

それに美桜が留まっていても、航のほうが異動になることだってあるだろう。詳しくはないが、潜水艦部隊は横須賀だけでなく呉にもあるはずだ。

美桜の決別の意思を呑んだ航が、異動を希望することだってあるかもしれない。

美桜は布団の上で顔を覆った。

（全部が中途半端だ……身の振り方も、自分の決意も……）

『過去がどうだったとしても、今はきみが好きだ。結婚したいと思ってる。戻ったらプロポーズしに来るよ』

頭の中で何度となく繰り返された言葉が、美桜を甘く苦しく翻弄する。

別れを口にして部屋から追い出した美桜を、航は今このときも、そう思ってくれているのだろうか。

再会した航は、いつだって美桜と湊を楽しませて、誠意を持って接してくれた。美桜の恋心が再燃してしまうくらいに。

だから、幸せな未来に憧れてしまう。航がそれを与えてくれるだろうと、いや、航がいれば幸せなのだと。

いっそ自分が航のこと以外考えられなければ、迷うことなくその胸に飛び込んでしまえたのに。愛しているという気持ちだけで動けたのに。


航が任務に出ると言ってから三週間が過ぎた。前回は二週間ほどだったので、ずいぶんと長い。

バックヤードの休憩室でサンドイッチを齧りながら、美桜はぼんやりとテレビを眺めていた。大ヒットした豪華客船映画だ。この後に起こる悲劇も知らず、乗客たちは豪華な船旅を楽しんでいる。

(もう……二十三日だ)

今日までの間、美桜の思考は何度も行きつ戻りつだった。いや、現在進行形だ。これ以上続いたら、疲弊して寝込んでしまいそうだ。

帰還すればきっと連絡が来るだろう。航の気持ちに変化がなければ。変化したとしても、航はきっと正直にそう告げてくれる。

画面が暗い夜の船外に変わり、氷山と衝突する衝撃的なシーンが映った。それを目にした瞬間、美桜は恐怖に総毛立ち、サンドイッチを取り落した。バラバラになったレタスやトマトが、ユニフォームの膝にこぼれたが、美桜はテレビから目が離せない。

いや、視線は向いていても、もう内容は頭に入ってこなかった。代わりに美桜の思考を占めたのは、航だった。

(まさか、事故じゃないよね……？)

そんなニュースは見ていない。しかし潜水艦の任務が極秘である以上、情報も公にはならないのかもしれない。

サブマリナーの仕事が過酷で危険なのは、ネットで情報を拾っただけの美桜も承知している。実際に起きた悲惨な事故のことも知った。

(だいじょうぶ……航は言ってたじゃない……)

怖くないのかと訊ねたときに、

『怖いって言い出したら、数えきれないくらい怖いことがある。だからこそ俺たちは、点検と訓練をこれでもかってほどして、その恐怖をひとつずつ取り除いてるんだ』

そう言って、いつものように微笑んだのだ。

航は仕事に真剣で慎重だ。彼に限って——そう自分に言い聞かせても、一度湧き上がった不安は消えない。

美桜は両手で顔を覆った。

(どうしよう……もう二度と航に会えなかったら……)

また来ると言っていたからそのつもりでいたけれど、航の気持ちが美桜から離れてなくても、戻ってこられないことだってあるのだ。必ず帰ってくる——それがどんなに幸運なことか、美桜はわかっていなかった。

それなのに自分の弱さに心を振り回されるばかりで、勢いのままに別れようなんて口走って。愛する人が危険な任務に赴くと知っていながら、あれが送り出す言葉だろうか。最後の言葉になる場合だってあるのに。

(……嫌だ。航に会えないなんて嫌……)

いったい自分はなにを恐れて迷っていたのだろう。航がいなくなってしまうことよりもつらいことなんて、あるはずがないのに。航がいない世界でなんて生きられない。

彼の仕事が危険なことが怖いから、一緒にはいられない？　そんなのは違う。愛しているなら、少しでも多く一緒の時間を共有したいと思い、そのために努力をするはずだ。幸せはそうやって作るものではないのか。

（ごめんなさい……好きなの。あなたを愛してるの。だから……無事でいて――）

『過去がどうだったとしても、今はきみが好きだ。結婚したいと思ってる。戻ったらプロポーズしに来るよ』

今もそう思ってくれているのを、心から願う。言葉のすべてに、美桜も同じ気持ちだ。今度こそ弱音は吐かない。自分の気持ちを偽らない。

だからどうか――戻ってきてほしい。


「どうしちゃったの、そんなにやつれて」

出張から帰ってきた店長は、美桜の顔を見て驚いた。

「えっ、そうですか？　ちょっと寝不足気味ですけど、元気ですよ」

数日前までは最悪の状態だったけれど、自分の気持ちをはっきりと確かめてからは、吹っ切れたように晴れ晴れとしていた。相変わらず航は音信不通なので、心配しているし、正直なところ不安は拭えない。

しかし今は、信じて待つことができる。きっと帰ってきてくれる。今は仕事に専念しているに違いないと、祈るように思う。だから美桜も自分の仕事や生活に全力を尽くすと決めた。

(それにしても、そんなにひどい顔なの？　やだなあ。ちゃんとお手入れしないと、航に見せられない)

そんなふうに考えられるようになったのだから、我ながらずいぶんと前向きだ。

「クリスマスケーキのデザイン考えたんですけど、見てもらえますか？」

「え、もう？　張りきってるわねえ。じゃ、向こうに行きましょ」

事務用の小部屋に移動して、テーブルを挟んで向かい合って座ると、店長はため息をついた。

「そんなに積極的なのに、異動の話は蹴るのね」

一昨日、美桜は電話で辞退の旨を告げていた。

「今はまだ、パティシエとして修業を続けることだけ考えたいんです。期待してくださるのは本当に光栄なんですけど……すみません」

改めて頭を下げると、店長はしばらく美桜をじっと見ていたが、何度か頷いた。

「気持ちは変わらなさそうね。まあ、タイミングが合わなかったってことで、何年かしたらまた考えてみて」

「はい、ありがとうございます」

美桜はタブレットを差し出して、クリスマスケーキのデザイン画を表示した。

『Ｍｉａｍ』のクリスマスケーキは、全店共通のもののほかに、各店舗オリジナルの商品が出る。総力を挙げてのイベントだ。

「おー、攻めてるね。本気でこの色？」

ケーキの形はズコットと言われるドーム型で、表面はフューシャピンクだ。内側はラズベリーソースとピスタチオムースとチョコレートスポンジの層で、こちらもカラフルにまとめた。

「はい。外国人のお客さまも多いので、これくらい派手なほうが好まれるかと。カップルもターゲットです」

市内にはアメリカ海軍基地があるので、外国人の顧客は他店に比べて多い。できれば日本人客も合わせて取り込むことを狙うなら、派手一辺倒でなく加減を考慮したいところだ。それは甘さに関しても言える。

「――そのあたりが課題で、あとはデコレーションですね。白いクリームのバラにアラザンと金粉を載せてますけど、白イチゴも使ってみたいなー、と」

「価格との折り合いだけど、白イチゴいいね！」

方向性はＯＫということで、さらにブラッシュアップして何パターンか考えるという宿題をもらった。

夕食と入浴を終えて、湊を寝かしつけるまでの間、美桜はタブレットを前にしてスマートフォンであれこれと検索をしていた。ひと口にピンクのケーキといっても、色の濃さや形、デコレーションに至るまで千差万別だ。そして、意外とピンクのケーキは多い。

（差別化を図りたいし、クリスマスらしい豪華さは必須だし……）

もちろん見た目以上に味も重要だ。さまざまな画像を見ていると、方向性が決まっているのに、気持ちが揺らいで迷う。

（こういうとこだよ、私。もうちょっと自分の決めたことに自信を持たないと……なにごとも）

「ママ、まだねないの？」

「え？　わ、もうこんな時間！」

「きょうはこれ！　よんで！」

湊が差し出した絵本を手に、奥の部屋に移動した。

「あのね、リョウくんはえいがみてきたんだって。とつげきポットマン。おもしろいんだよ。おおわらいするんだって」

「ポットマン、つまんないって言って、テレビ見てないじゃない」

「でも、おもしろいんだって」

「観に行きたいの？」

「……うーん……」

たぶん湊はどこかに出かけたいのだろう。映画でなくてもいいのだ。

航は頻繁に連れていってくれたけれど、最近は、休みの日も近所の公園やスーパーに行くのがせいぜいだったから、湊にもつまらない思いをさせてしまった。

「そうだね。映画でもいいし、その帰りに駅ビルのちびっこ広場にも行こうか！　新しい絵本も買っちゃう？」

そう水を向けると、湊は目を輝かせた。

「うん、いく！　あしただね。はやくあさにならないかなあ」

「じゃあ、早く寝ないとね」

興奮したのか、読み聞かせを終えても湊はなかなか寝つかない。

「まだ寝ないの？」

湊の鼻先をちょんと突くと、つぶらな瞳が美桜を見上げた。

「おにいちゃん、いつくるの？」

美桜は一瞬言葉に詰まり、ごまかすように微笑んだ。

「お仕事が忙しいみたい。ちょっとまだわからないかな」

「ふーん……おにいちゃんがパパだったらいいのに」

今度こそ、言葉だけでなく表情まで失ってしまった美桜に、湊は気づくことなく口を開いた。

「いっしょにおでかけしたり、ねたり、あさごはんたべたりできるから」

小さな子の単純な願いは、しかしそのまま美桜の願いだった。

それだけではない。湊と航は事実父と子なのだ。それをふたりに隠したままでいいはずがない。

（航に会ったら、今度こそ必ず打ち明けよう――）

いつしか聞こえ始めた寝息を耳に、美桜はそう決心した。怒られてもいい。隠していたことを誠心誠意謝ろう。


――翌日。朝食をとりながら湊と今日の予定を話し合っていると、姉の彩葵から電話があった。

『今、東京なの。昨日までの出張が終わって、これから三連休なんだけど、湊はもう保育園行っちゃった？』

「今日は私が休みだから、お休みさせてる。これから映画に——」

『よかったー！　湊、聞こえる？　彩葵ちゃんだよ！』

スマートフォンをスピーカーにして湊にも聞かせると、大好きな彩葵の声に歓声を上げた。

「おやすみだからおでかけするんだよ！」

『うんうん、行こう、一緒に。なんでも買ってあげる。動物園と水族館も』

「ほんと!?」

「ちょっとお姉ちゃん、予定と違うんだけど」

彩葵は湊に甘すぎる。なんでも買ってあげる、なんて言わないでほしい。

ハラハラしていた美桜は、続いた彩葵の言葉にぎょっとした。

『今ねえ、お台場(だいば)のホテルに泊まってるの。湊も一緒に泊まる？　海が見えるよー』

「とまりたい！」

「お姉ちゃん！　急になに言うの、無理だってば。うちはそんな余裕ないの」

「とまりたいー！」

こうなってしまうと、ふだんは聞き分けがいい湊もどうにもならない。相手が自分に甘い彩葵だと、本能でわかっているのだろう。

『あら、あんたはいいわよ。私は湊とふたりで泊まるの』

言外にいろいろと匂わせているようで、美桜はつい押し黙る。

『じゃ、そういうことで。今から迎えに行くわ。湊の着替え、用意しておいてね』

言うだけ言って電話は切れた。姉は行動力の人だし、すでに伯母との二人旅を経験している湊も、行く気満々だ。

「えー、湊……ママとのお出かけより、動物園やホテルのほうがいいの」

ちょっと拗ねてみたけれど、

「えいがはまたこんど。ママ、ちゃんとおるすばんしててね」

と神妙な顔で返されてしまった。これも成長のひとつと思うべきか。

彩葵はレンタカーでやってきて、アパートで腰を落ち着けることもなく湊を乗せると、風のように去っていった。たまには息抜きが必要でしょ、と言っていたが、自分が湊に癒やされたかったのも大きいのだろう。

今日明日と美桜は連休なので、湊も保育園を休ませるつもりでいたが、予定変更だ。明後日連れ帰るとのことなので、美桜は保育園に休みの連絡をした後、ふだんは後回しになっている掃除を念入りにしてから、テーブルでいそいそとタブレットを開いた。

正直、自由な時間ができたのはありがたい。時間に追い立てられるような生活をしているせいか、貴重な時間を無駄にするまいと根を詰めてしまい、夕方にはどっと疲れてしまった。

夕食はどうしようか。湊と出かけた帰りに買い物をするつもりでいたので、冷蔵庫はほぼ空っぽだ。

（乾麺でも茹でて済ませちゃおうかな）

お湯が沸く間に姉にメッセージを送ると、動物園でゾウをバックに満面の笑みでピースサインを作る湊の写真とともに「今からディナーブッフェ。なにも心配ないよ」と返ってきた。

美桜が笑みを浮かべながら乾麺の袋を開けようとすると、玄関のチャイムが鳴った。荷物が届く予定はないし、それ以外でチャイムが鳴るのは訪問セールスくらいだ。美桜は警戒しながらコンロの火を止めて、ドアホンのモニターを覗いた。

通路の照明に逆光になったシルエットが映っている。貌はよく見えなかったけれど、その輪郭だけで充分だった。心臓が跳ねる。

（航……！）

転げるように玄関へ向かった。航だ。航が帰ってきた。

もどかしいほどうまく動かない手で解錠し、玄関ドアを大きく開く。そこに立つ航を目にしたとたん、美桜は絶句した。

帰ってきたら笑顔でおかえりなさいと言うのだと決めていたのに、言葉が出てこない。

（……帰ってきてくれた……）

安堵と喜びで胸がいっぱいになって、もっと航を見たいと思うのに、視界が涙でにじむ。

航ははにかむように微笑んだ。

「急にごめん。今朝、帰還したんだ。いろいろ用事を片づけてたら、こんな時間になっちゃって――」

航の声を聞くうちに、美桜は抑えきれない衝動のままその胸に飛び込んだ。厚い胸板はびくともせず、しっかりとした両腕が優しく美桜を包んだ。

（航だ……。航がいる……ここに。私のそばに……）

これ以上望むことはあるだろうか。

「……おかえりなさい……」

「ただいま。会いたかった」

私も、と言うつもりが、美桜の口から出てきたのは違う言葉だった。

「あのね……あのね！　プロポーズはまだ有効？　あっ、それから、その前に伝えることがあるの――！」

「ちょっと待って。湊は？」

航は美桜を落ち着かせるように背中を叩きながら、奥を覗き込んだ。ようやく美桜もここが玄関先で、ドアを開けたままだったということに気づく。

「私の姉と一緒に出かけてるの。明後日帰ってくるわ」

「そうだったのか。ひとりでお留守番してたわけだな。入ってもいい？」

「もちろん！　ごめんなさい、びっくりして……」

「日程も教えられないんだから、こっちこそごめん。おじゃまします――」

航をテーブルの前に座らせて、美桜は無駄に行ったり来たりしながら、グラスに注いだ麦茶を出した。航に勧めながら、自分が先に飲み干してしまう。

どうにか人心地がついて、航の無事と再会を噛みしめていると、航の横に『Miam』のショッパーがあることに気づいた。美桜の視線を追って、航が頷く。

「美桜がいるかもと思って、行ってきたんだ」

あいにく美桜は休みだと教えられて踵を返そうとしたところ、ウィークエンド・シトロンを買い求める客から目が離せなくなってしまった。気づいた店のスタッフが試食を差し出してくれて、それを口にしたとたん頭の中が強く刺激された。

なにかが出てこようとしている。それがなくした記憶に違いないと感じて、航はウィークエンド・シトロンを購入し、店を出て真っ先に目についたベンチに座ってケーキを頬張った。

「ほら、見てこれ。俺がどれだけ焦ってたかわかるだろう？」

取り出したケーキには手でむしり取られた跡が残っていた。四分の一ほどなくなっているだろうか。

「思い出したよ」

その言葉に、美桜ははっとして顔を上げる。航は微笑んでいた。

「美桜のケーキが思い出させてくれた」

美桜は何度も目を瞬かせた。引っ込んだはずの涙が、また溢れそうになる。

「おっと、泣かないでくれ。きみを泣かせに来たんじゃないんだから。それでね、落ち着くためにいったん自宅に戻って、それからここに来たってわけ」

「本当に？　思い出したの？　あの、……私のことも？」

信じられない。美桜が作ったウィークエンド・シトロンが、航の記憶を呼び覚ましてくれたというのだろうか。

喜ばしいことだと思う一方、過去に美桜と別れようとしていたことも思い出したはずだ。過去はどうでも、今の美桜を愛していると言ってくれた航だけれど、実際に記憶が戻ったらどう思うかはわからない。

「そうだな、たぶんちゃんと全部。それで——なにから話せばいいのかな……ごめん、俺もまだ整理がついてなくて。ああ、とりあえず綾香のことだけど——」

双子の姉の綾香は、すでに結婚しているが、まだ子どもがいないせいか、はたまた両親が田舎に引っ込んでしまっているせいか、航の保護者的な意識が強いらしい。

「女の子って子どものころ精神年齢が高いだろ。昔からブラコンっていうか過干渉なとこがあって、必要以上に俺を気にかけてるんだよな。いったいいくつだと思ってるんだか。まあ、詳しい仕事内容もスケジュールも明かせないから、心配はあるんだろうけど」

ため息とともにそう言う航だが、険悪な仲ではないようだ。

綾香の懸念が強くなったのは、航がつきまといに悩むようになってからだという。

「つきまとい？」

美桜はそう呟きながら、綾香に言われた言葉を思い出した。敵視しているからそういう言い回しになるのかと思いながら、疑問を感じる言葉もあった。そんなに自衛官が好きなのか、とか。

「自衛隊員をアイドル的な対象として見る人もいる。俺の場合はイベントですり寄ってくるだけでなく、トレーニング中を双眼鏡で覗かれたり、盗撮とか……それをＳＮＳにアップされて、つきあってるようなコメントを添えられたり。注意しようと一度ふたりで会ったときに、それならいっそのこと事実にしませんか、みたいに言われて、ああこれは逆効果だったな、と」

ファン心理が歪んで膨らむと、ストーカーになったり妄想を発信したりという事案は聞いたことがある。まさか航がそんな被害に遭っていたとは想像もしていなくて、美桜はぞっとした。

「会ったならわかるだろうけど、綾香は勝気な性格だから、俺が愚痴をこぼしたりげっそりしてるのを見かねたらしい。彼女のＳＮＳに注意のコメントを送ったんだ。それが効いたかどうかわからないけど、つきまといの彼女は直接会いにくることはなくなった」

そのころ、航は美桜と出会って恋に落ちた。

「綾香に、『Ｍｉａｍ』という店でパティシエをやってる女性とつきあっているとは伝えていたんだ。最近になって、つきまといの女がまた自衛隊員との交際日記みたいなのをＳＮＳで書き散らしてたんで、綾香はその女がきみだと勘違いしたらしい。まさか店に行くとは思わなくて。ごめん」

「……そうだったの」

　裏口で大学生のアルバイトの子と話す前、美桜は店頭に出ていた。そして綾香は『Ｍｉａｍ』のショッパーを持っていたから、美桜のネームプレートを見たのかもしれない。彼氏が潜水艦乗りだと会話していたのを聞いて、美桜が航の相手だと確信を深めたらしい。弟を気にかけるが故の行動だったのだろう。

「早とちりな迷惑女ですまない。さっき帰還の連絡をしたときに、はっきり訂正しておいたから。今度は謝りたいって騒いでたけど」

「ううん、間違いだってわかってもらえたら、それでいいよ。弟思いのお姉さんだね」

「美桜を侮辱して傷つけておいて、勘違いで済むか。ごめんな」

　美桜がかぶりを振ると、航はなおも窺うようにじっと見つめていたが、はっとしたようにジャケットのポケットから小さな箱を取り出した。それがなにかは美桜にもわかる。リングケースだ。

　美桜に向けて蓋が開かれた。ダイヤモンドがキラキラと輝いている。

「きみに渡すつもりで四年前に買ったんだ。だけど、記憶をなくして。どうしてこんなものがあるのかわからなくて、もしかしたらそういう約束をした相手がいたんじゃないかって思った。でも、今の俺は美桜以外の相手なんて考えられなくて……とにかく過去をはっきりさせてからプロポーズしようと、待ってもらってた」

テーブルの上に伸ばした手が、美桜の手を握る。かすかに震える手が、航の温もりを感じて落ち着いていく。

「きみだったんだな」

その言葉に、美桜は顔を上げた。

「四年前、デートの約束をしてたのを憶えてる？　泊りがけのつもりで、って。あのときに、この指輪を渡してプロポーズするつもりだった」

航は眉を寄せて首を振り俯く。

「事故に遭ったのは、その前日だ」

美桜は思わず航の手を握り返した。

「基地に戻る途中、海沿いで動かなくなったクルーザーを見かけて、救助に向かったんだ。途中で爆発して……こんなとこで死ぬわけにはいかない、明日は美桜に会うんだって思ってたのに……なんで忘れちゃったんだろうな……」

美桜も同じ気持ちだったけれど、航は自衛官として人命救助をまっとうしたのだ。その行動を称えこそすれ、恨み言なんて言えるはずがない。

そのときにも美桜のことを考えていてくれたなら、きっと思いが強すぎるあまり、記憶を丸ごと閉じ込めてしまったのだ――そう思おう。

「……思い出してくれたじゃない」

そのきっかけがウィークエンド・シトロンだったなら、やはり航は美桜との思い出を大切にしてくれていたのだ。

「うん……でも、ごめん」

「謝るなら私もだよ。航が来なくて、連絡も取れなくなって、もう私とは別れたかったんだと思ったの」

美桜は懺悔のつもりで告白したのだが、航は慌てた。

「そんなこと一度も思ってない！　現場に飛び込んだときに、スマホは沈んでしまって……買い直したんだ。そうだよな、番号だけでも引き継いでいれば……つきまといの相手に番号も割れてたから、変えたほうがいいって周りに言われたんだ」

ちょっとしたことがいくつも重なって、航と美桜の縁は途絶えてしまったのか。しかし、それが再び繋がるなんて、やはり運命だったのだろうか。

「もう済んだことだよ。それに、それでもまた会えたじゃない。それから――」

美桜は航の手を放して、居住まいを正した。

「あなたに伝えなきゃいけないことがあるの。大事なことなのに、ずっと言えなくて……」

航もにわかに緊張した様子で、背筋を伸ばす。

「ごめんなさい、ずっと黙ってて。私、これまで誰とも結婚したことはないの。湊は……あなたの子どもよ」

航の双眸が大きく見開かれた。

「……俺の……」

呆然とする航に、美桜は目を伏せた。

「あなたと連絡がつかなくなってから、妊娠に気づいたの。どうしても……堕ろすなんてできなくて。あなたのことがまだ好きだったから、授かった子と生きていこうと――」

ふいにきつく抱きしめられて、美桜は息苦しさに喘いだ。

「ごめん、きみにだけ苦労をかけて……いや、湊を産んで、ここまで育ててくれてありがとう」

航は美桜の頬や額にキスを繰り返す。

「俺、ばかだな。つきあって、俺の子どもを産んだ女性にまた一目惚れして交際を申し込んでたのか……なにも知らないで、いもしない相手に張り合おうとしたり、嫉妬したり……」

「黙って勝手なことをしてごめんなさい。それに、すぐ打ち明けずにいて……湊の気持ちも考えてタイミングを見て、なんて言いわけしながら、本当はあなたにどう思われるかが怖くて――」

「なにを言うんだ」

美桜の両肩を航は強く摑んだ。

「こんな嬉しいことはないよ。四年前の願いどおりに美桜と結ばれて、その上子どもまで
……ああ、それじゃ一刻も早くプロポーズしなきゃ」

航はケースから取り出したリングをつまみ、美桜の手に近づける。真剣な、それでいて高揚した表情で美桜を見つめた。

「美桜さん、俺と結婚してください」

「……はい」

左手の薬指にぴたりと収まった指輪を、美桜はうっとりと見つめた。

「きれい……それにぴったり。よくサイズがわかったね」

「寝てるときに、結束バンドで測った」

「え？　やだもうー」

笑い合う顔が徐々に近づく。笑みの形の唇が重なって、たちまち触れ合うだけではもの足りなくなる。

会えずに触れ合えなかった時間を取り戻すかのように、互いを貪るようなキスをした。息が上がって、でも離れがたくて――。

唇が離れても、航は美桜の身体を抱き寄せたままだった。美桜もまた全身を預けるように、

航にもたれかかっていた。

「きっと、世のカップルがプロポーズした瞬間の何倍も幸せな気分だ。美桜がいて、湊もいて——ああ、どうしよう。湊、どこにいるんだった？　今すぐハグしたいんだけど」

そわそわする航が湊の分とばかりに強く抱きしめてくるので、美桜も嬉しい息苦しさに笑顔になる。

「ふふ。姉が泊まりがけで遊びに連れていったの。帰ってくるのは明後日よ」

「そうなのか……すぐにでも親子三人で過ごしたいって言いたいところだけど、今はまず夫婦水入らずかな。そんな時間をくれるなんて、湊は親思いの子だ」


ふたりきりで食事をしにいくことになり、美桜はあたふたと支度や戸締まりをする。その間に、航はレストランに予約を入れていたらしい。車に乗り込むと、航は美桜に笑いかけた。

「似合うよ」

白いエンブロイダリーレースのトップスに、ブルーグレーのエアリーなプリーツスカートという服装を、美桜は見下ろした。足元も滅多に履かないヒールのあるパンプスだ。

「湊と一緒だと、あまりできない格好だから……」

動きやすさを重視して、カジュアルなものばかり選んでしまう。

「なんでも似合うけどね。泊まりの準備をしてくれた？　四年前のあの日をやり直したい」

行き先が横浜だと聞いたので、なんとなくそんな気はしていた。美桜は上気した頬を隠すように頷いた。

再会してからわずかの時間で、状況は大きく変わった。あまりにも突然で、夢ではないかと今でも思うくらいだ。

しかし無事の帰りを待ち望んでいた航が、今隣にいる。元気な姿を見せてくれただけでも嬉しいのに、記憶が戻って、改めてプロポーズをしてくれた。

美桜もずっと打ち明けるのを迷っていた湊のことを伝えたが、航は黙っていたことを非難することもなく、喜んでくれた。

（現実なのかな……まだ信じられない……）

車は横浜のランドマークでもあるホテルに着き、航と美桜は手を繋いでエレベーターに乗り込む。エレベーターが上昇するにつれて、美桜は感嘆の声を洩らした。シースルーエレベーターからは、街に広がるマンション群が一望できて、きらめく灯りが星屑（ほしくず）のようだ。

「きれい……」

呟いた美桜に、航は肩を寄せて囁く。

「部屋からはもっとよく見えるはずだよ。楽しみにしてて」

航が選んだのは最上階のチャイニーズレストランで、創作中華料理のコースをゆっくりと味わった。窓際の席だったので、夜景も楽しめる。

「わ……美味しそう……」

前菜からして、美桜が知っている庶民的なものとは違う。小振りのアワビを丸ごと煎茶のゼリーで包んだものや、ウィスキーソースのカモなど、高級食材に圧倒される。

「これは……?」

「ん? ああ、茶そばかな。前にも食べた気がする」

「中華で茶そば。よく来るの?」

「昔、家族で何度か」

「すごいね……もしかして、お坊ちゃまなの?」

「いや、ただの元会社員。隠すことでもないから言うけど、親は小金持ちかもな」

(そういえば、綾香さんは実家で暮らしてるって言ってたっけ……最寄り駅は目黒(めぐろ)だとか……うちとは大違いだ)

やっと互いの気持ちが通じ合ったかと思ったら、今度は互いの家や家族のことまで気になってくる。家柄が合わないなんて今どきではないし、そんな理由で気持ちが揺らぐことはないけれど。

無言で箸を進めていると、航が苦笑した。

「考えてみれば、互いの家族のこと、話したことなかったな。うちは四人家族でね――」

父親は大手飲料メーカーで取締役まで務めていたが、早期にリタイヤして、今は母親と那須で悠々自適の生活をしている。双子の姉の綾香は弁護士と結婚し、両親が残した家で暮らしている――改めてそう説明し、航は美桜の顔を覗き込んだ。

「美桜は？　お姉さんがいるなんて初めて知ったな。実家は長野だっけ？」

「あ、うん、姉は八歳上でバリバリのキャリアウーマン。今は転勤で名古屋に住んでるんだけど、湊が生まれる前後は都内にいたからすごく助けてくれたの。湊のことを可愛がってくれてて、今日みたいに連れ出してくれる」

「そうか、お姉さんにも世話になったんだな。お礼を言いたいから、今度会わせて。ああ、家族同士での顔合わせもしなきゃ」

そう言う航に、美桜は微苦笑を返す。

「そうだね。でも、うちの父は頑固だから……母はずいぶん前に亡くなってるんだけど、男手ひとつで娘を育ててきたのに、私がひとりで湊を産むって決めたものだから、猛反対されて。恥ずかしながらそれ以来、音信不通なの」

航は食事の手を止めて考え込んでいたが、美桜を真っ直ぐに見つめた。

「お父さんが反対した気持ちはわかる。俺だって、もし娘がそんなことになったら、きっと同じようにするだろう。それは心配で、苦労をしてほしくない、幸せになってほしいからだよ。美桜のことも湊のことも、きっといつでも気にかけてるはずだ」

そう言われると、きっとそうなのだろうなと思う。姉の彩葵も、こっそりと湊の写真を実家に送っているようだ。

「父を頑固って言ったけど、娘の私もその血を引いてるのかもね。まだ一度も湊を会わせてないんだもの。赤ちゃんの湊を抱っこさせてあげればよかった……」

「行こうよ、三人で。俺も、ちゃんと結婚の許しをもらいたい。拳のひとつふたつは覚悟してる」

美桜は慌ててかぶりを振った。

「ううん、そんなことさせない。航は知らなかったんだもの。全部、私が自分で決めて行動したことで――」

「事情はどうでも、嫁入り前のお嬢さんを身ごもらせたのは事実だからね。結婚なんて単なる肩書だと思ってたときもあるけど、それがないことで美桜には計り知れない苦労をかけたんだって、身に染みた。だから結婚できるなら、なんだってする。今度こそ、きみと湊を幸せにしたい。いや、三人で幸せになりたい」

（……もう、幸せになってるよ……）

微笑んだつもりが涙がこぼれて、美桜は慌てて俯いた。そこに湯気の上がるせいろが運ばれてきて、蓋が開くと同時に食欲をそそる香りが広がった。

「野沢菜漬けと海老の蒸し餃子、信州ポークと信州みその焼売、信州サーモンのそば粉蒸しクレープ、ホタテ貝のワサビマヨネーズ春巻きでございます」

色合いも美しい料理に見惚れつつ、美桜はそのメニューに目を瞠った。

「信州……」

「うん、せっかくなら美桜のふるさとの食材がいいと思って。最初はフレンチにするつもりだったんだけど、メニューを聞いて変更した」

そんなことも考えてくれる航に、美桜は胸がいっぱいになる。この人と出会えて、そして再会できて、本当によかった。

「熱いうちが美味いよ」

「うん、胸がいっぱいで……」

「腹もいっぱいにしておかないと、後でお腹がすくよ」

意味深に笑う航を軽く睨んで、美桜は箸を伸ばした。

食事の後はバーに移って、一杯だけ飲んでから部屋に向かった。

「わ……」

室内に足を踏み入れると、突き当たりの大きな窓が目に入った。きっと高層階からの見事な眺望が開けているのだろう。しかし美桜はそれよりも、間取りと部屋の広さに驚いた。一般的な部屋よりも広い空間に、四人は座れるゆったりとしたソファセット、さらにダイニング用のテーブルセットが、余裕をもって設えられている。ベッドはなく、右手にさらにドアがあるということは――。

「スイートなの？　そんな、もったいない――」

「そういうことを言わない。プロポーズの夜だよ？　これだってささやかなくらいだ」

「やっぱり航はセレブだよ」

思わずそう呟くと、航は大きく首を振った。

「贅沢するときにはする。むやみやたらと散財するつもりはないから、家計は心配しなくてだいじょうぶだよ、奥さん」

（おっ……奥さん……）

気が早いと返すこともできず、美桜はドキドキする胸を押さえた。まあ、なにが早いのかという話もある。奥さんと呼ばれる前にママだ。

「向こうも見てみよう」

航に促されてドアを開けた。トイレのドアがある廊下のような空間の先に、またしてもドアがあって、その奥が寝室だった。圧倒されるようなダブルベッドにドギマギしつつ、二方向にある窓から、きらめく夜景を覗いた。横浜の街も港も見えるという贅沢な造りだ。チェアセットとデスクも備わっていて、こちらの部屋だけで充分という気がするけれど、航のもてなしをありがたく受け取っておく。

ふと気がつくと、航がベッドに寝そべっていて、目が合った美桜に手招きをする。

「なかなかいいマットレスだよ。まあ、艦内の寝床に比べたら、どこだって王さまのベッドだけどね」

「む、向こうにもドアがある」

ここに来て妙に気恥ずかしくなり、美桜は逃げるようにドアを開け――立ち止まった。

「おー、広い。ふたりでも余裕で入れるな」

航は美桜の背中に張りつくようにして、肩越しに覗き込んできた。

ガラス張りのシャワーブースと、広いバスタブ。注目すべきは、ここにも大きく窓が取られていることだろう。

「えっ、見えちゃうんじゃない？」

「誰に？　お魚さんに？」

窓は港に面していて、船の灯りがゆっくりと動いている。それ以外は判然としないのだから、向こう側からも同じようなものだろう。巨大ホテルに灯る無数の窓灯りのひとつ――誰も気にしないし、そもそもそこまで見えない。

背後からそっと手が伸びて、美桜を抱きしめながら耳元で囁く。

「一緒に入ろう?」

美桜が脱衣に手間取っている間に、航は先にバスルームに向かい、湯を溜め始めたようだ。壁際のスイッチを操作して、明かりを少し絞ってからバスルームに足を踏み入れた。

「さっきよりきれいに見えるよ」

航に手招きされて、バスタブ越しに窓からの夜景を眺めた。ベイブリッジのシルエットが美しい。

航の唇が項に触れる。肩を抱いた手が前に下りて、乳房を包んだ。指の腹が先端を掠めただけで、疼痛が走る。

「……さ、先にシャワーを使わせて……」

腕から逃れた美桜に、航は小さく笑ったようだった。

「じゃあ、一緒に。洗いっこしよう」

それもますます美桜を狼狽えさせる気がしたけれど、今さら拒むのも興覚めだろう。一瞬触れ合った肌の感触が、美桜を昂ぶらせているのは確かだ。

シャワーブースに移動すると、美桜の心配をよそに、航はじゃれるように互いの身体を洗うことに専念した。泡が思わぬところに飛ぶのさえ楽しくて、美桜は何度となく笑い出してしまった。

最後に天井から降り注ぐシャワーで全身を洗い流す。湯を止めた航が、ふいに美桜を壁際に追い詰めた。密着した身体の間で、乳房が押しつぶされる。太腿の間に割り込んだ航の脚が秘所に押しつけられて、遠のいていた官能がたちまち戻ってくる。

「……あっ……」

吐息のように洩れた声ごと、唇に呑み込まれた。口中を掻き回されて、美桜は航の肩に両腕を伸ばす。下腹に伸びた指がスリットをまさぐり、花蕾を探り当てた。

「んっ、……んぅ……」

指の腹で転がされて、美桜は喘ぎながら身を捩った。仰け反った弾みにキスが解けたが、航は身を屈めるようにして顎から喉、胸元へと唇を這わせた。反り返った美桜を片腕で抱きながら、尖った乳頭を吸い上げて、花蕾を撫で擦る。

先ほど、航の手から逃れて自分で洗ったはずなのに、そこはもう溢れる蜜でぬるついていた。航の指は滑るままにときおり入口まで埋まりかけ、美桜を焦らせながらももどかしいような心地にさせる。

航は美桜を壁にもたれさせながら、自分もその前に跪(ひざまず)いた。胸を愛撫しながら美桜を支えて、緩く開いた脚の間に顔を寄せていく。

「ああっ……」

熱と弾力を伴ったその感触に、美桜は後ろ手に壁にしがみついた。反動で腰が突き出し、より強くその刺激を味わう。舌で掬い上げるように舐められて、花蕾がずきずきと疼く。そこから波紋のように快感が広がって、美桜は感じるままに腰を揺らした。

息を詰めるようにして硬直し、続けてどっと溢れ出した悦びに、美桜は壁に頬を押しつけて荒い呼吸を繰り返す。体重を支える脚に力が入らない。

ずるっと崩れそうになった瞬間、航が素早く立ち上がって美桜を抱き止めた。下腹に航の昂ぶりが押しつけられ、思わず顔を上げた美桜と航の視線が絡み合う。航はわずかに顔を歪めると、美桜の片脚を抱え上げ、腰を進めた。

「ああっ……航っ……」

「ごめん、我慢できなくて」

奥まで呑み込まされて、美桜は総毛立つような快感に声を上げた。

航は言葉のとおりに、どこか余裕をなくしたような動きで美桜を貪る。二十センチ以上の身長差があるので、突き上げられると爪先が床から浮いてしまう。いつもよりも深く受け入れているような気がするのは、錯覚ではないだろう。

「美桜……ああ、やっぱり美桜だ……」

囁く甘い声を聞きながら、記憶が戻ってから初めてこうしているのだと気づいた。そういえば再会して初めて肌を合わせたときも、航はなにか引っかかっていたようだった。触れ合った感覚は残っていたということだろう。

過去の記憶と現在が繋がって、そこにはなにも齟齬がなく、美桜は再び航の過去にも存在しているのだと思うと、嬉しくて航にしがみついた。

「あっ、ああっ、……航……っ……」

思いきり揺さぶられて、美桜は上り詰めた。自分の中の航を、媚肉がうねって食いしめる。

「出すよ――」

航の低く呻く声を聞きながら、怒張が力強く脈打つのを感じた。

美桜を支えながら結合を解いた航は、そのまま美桜を抱き上げてシャワーブースを出た。

「ごめん、なんか……ここまでするつもりじゃなかったんだけど、抑えがきかなくて……」

少し眉尻が下がっているが、その表情は満足げにも見えた。

「ちょっとびっくりした。けど……嬉しかった……」

「そういう俺を調子づかせるようなことを言うと、どうなるかわからないよ」

「本当だもの」

抱かれたままバスタブに入り、湯の中で体勢を変えた。重ねたスプーンのような形で、のびのびと脚を伸ばす。背後から頬にキスをされて、美桜は笑いながら航の顔を押し返した。

「ねえ、せっかくの夜景、見ないの？」

「こっちのほうがずっと魅力的」

航は両手で美桜の乳房を包み、揺らすように弄ぶ。湯に浸かって弛緩していた乳頭が、たちまち尖ってしまう。

「もう、いたずらしないで」

しかし片手は美桜の下腹に伸び、湯の中で揺らぐ陰毛に透ける秘所をまさぐった。

「ちょっと……」

美桜が制止の声を上げるより早く、航は美桜の身体を膝で押し上げた。薄明かりに浮かび上がった肢体は、我ながら戸惑うほど淫靡(いんび)だ。

「もっと気持ちよくなって?」

航の指は緩くスリットを開いて、膨らんだ花蕾をゆっくりと撫で回した。

「……あ、……ああ……」

もう何度目だろうと思うのに、航に愛撫されるとまた熱が集ってくる。眼前に状況が広がっているのも相まって、美桜はあっけなく昂ぶり、そして達した。

しかし指の動きは止まらず、もう一方の手まで参戦してこようとする。

「……っも、いい……からっ……」

「そんなこと言うなよ」

美桜はかぶりを振って、湯を跳ね上げながら航と向き合った。余韻に震える手で、航の頬を包む。

「一緒がいい……航が、して……」

航は目を瞠り、美桜の肩を抱き寄せた。

バスルームから移動したベッドは低めだったが、航が言ったとおり心地いい弾力で、倒れ込んだふたり分の身体を柔らかく受け止めた。

「シーツ、びしょ濡れになっちゃうね」

「宿泊費はちゃんと払ってる。マットごと水浸しにするわけじゃなし、ふつうに許容範囲だろ」

そんな会話を交わす間も、何度となく唇を啄む。それが次第に深くなり、舌を絡め合うころには、航は美桜の腰を抱えていた。

「なんだろうな……記憶が戻ったとたん、これまでの四年分が惜しくてしかたない。きみに触れられなかった分を、取り戻したくて――」

「あっ……」

ぐっと押し入ってきたものに、美桜の顎が上がった。その首筋を舐めながら、航はさらに腰を進める。

上体を起こしたまま律動を刻む航の視線を感じて、美桜は眇めた目を上げた。

「やだ……なに見てるの？」

「変わってないと思って。以前のままだな」

「嘘ばっかり。もうアラサーだよ」

「いや、本当に。形も変わらないし——」

乳房をやんわりと揉まれて、官能が膨れ上がる。

「ああ、もっと敏感になったかな」

凝(しこ)った乳頭を指先で捏ねられて、美桜は頭を左右に振った。疼くような胸への愛撫と、媚肉を擦り上げられる鮮烈な刺激に、全身が悦びを訴える。

「ほら、すごく締まった」

示すようにずんと突かれて、その衝撃に腰が捩れる。航はそのまま美桜の足首を摑んで、片脚を大きく持ち上げた。

「やっ……そんな……」

大股開きに近い格好になり、おそらく角度的に航からは接合部が丸見えなのではないだろうか。

「目でも確かめて安心したいじゃないか。美桜とこうしてるんだって……」

そう言われてしまい、局部を隠そうと伸ばしかけた手が止まった。それで航の気が済むなら、いい。むしろ自分と身体を重ねているのだと、実感してほしい。美桜だけをずっと愛してほしい。

「可愛いな……ほら——こうすると、引き止めようとするみたいに吸いついてくる」

引いていく怒張に襞がまとわりつき、擦られる感覚に美桜は喘ぐ。淫らな水音が耳を打ち、

身体と心がますます昂ぶっていく。

「見える？」

航の問いに、美桜は頬を熱くしてかぶりを振った。

「は、恥ずかしいから……見ない」

きっとどうしようもないほどのありさまになっているに違いない。嬉しくて、気持ちがよくて——航を精いっぱい誘惑して、愛していると訴えているだろう。

「じゃあ、触ってみる？」

「えっ……？」

航に手を摑まれ、下肢に導かれた。最初に触れたのは熱くて硬い怒張で、滑るほどの蜜にまみれていた。指先で幹を辿(たど)らされ、それを呑み込む柔らかな襞の感触に、美桜の胸は激しい動悸(どうき)を刻んだ。

（航が……私の中に……）

粘膜の境目を指がなぞり、たしかに自分たちは繋がっている——愛し合っているのだと実感した。

抽挿のたびに襞がめくれ、捩れて、溢れる蜜がますます増えていく。力強く脈打つ屹立(きつりつ)も硬さを増したように思えて、美桜を惑乱する。

「航、だって……」

「俺が、なに？」

動きを止めない航の筋肉が、それに合わせて波打っていた。美桜を欲している、貪っていると、陰影が深くなるたびに感じられ、もたらされる快感と相まってひどくセクシーに映る。

「なに？」

再度問われたけれど、言葉を組み立てる余裕はなくて――。

「……好きっ……」

抜き差しに合わせて響く音が大きくなったのは、いっそう蜜が溢れ出しているからだろうか。どうなってしまったのかと思うくらい、とめどない。

打ちつけるように動きが激しくなり、乳房が大きく揺れる。美桜は必死に手を伸ばした。抱きしめてほしい。航が視覚で美桜を確かめたなら、美桜も触覚で航の身体の熱を、硬さを、力強さを感じたい。

航は美桜の脚を放して、覆いかぶさってきた。きつく抱きしめられる息苦しさに、喜びを感じる。強く穿（うが）たれて、航を包む肉が歓喜する。

美桜のすべてが、航を愛している――。

翌日、朝食の席で、買い物に出かけようと航に誘われた。

ブッフェスタイルの朝食で、美桜はオレンジジュースにトーストとクロワッサン、ベーコンエッグとサラダにコーヒーという定番チョイスをしたが、昨夜の余韻が残っているせいか、疲労を感じながらも食欲がない状態だ。いや、空腹のはずなのに胸がいっぱいというか。

一方航は、卵三個を使ったオムレツにウィンナー五本とベーコン、ボウルに山盛りのサラダ、夏野菜のチリコンカンに加えてパンは全種類という、見ているほうが胸焼けしそうな量を、もりもりと胃に詰め込んでいる。呆然と見つめる美桜に、「朝食はエネルギー源だから」ともっともらしいことを言っていたけれど、たしかに体力勝負な仕事なのは事実だ。

「なにを買うの？」

「そりゃあ、いろいろだよ。ずっと買えなかったから」

数週間もの間潜水艦に閉じ込もって暮らしていれば、あれもこれもと思い描くことだろう。街中の雰囲気を味わうだけでも違うのかもしれない。

美桜は航と一緒に出歩けるだけでも嬉しいので、二つ返事でＯＫした。

青山（あおやま）まで車を飛ばし、真っ先に訪れたのは宝飾店だった。

「ここ……？」

ブランドに疎い美桜でも知っている、ハイジュエリーを揃えた有名店だ。しかし、航がアクセサリーの類を身につけているのを見たことはない。戸惑う美桜の背中に手を添えて、航は店に足を踏み入れた。

「好きなのをとりあえず四つ選んで」

「えっ？」

いきなりの申し出と四つという縛りに、美桜は焦った。

「誕生日のプレゼントを贈れなかっただろう。そのままにしておけない」

「そんなの――」

断ろうとする美桜を、目力のある視線が黙らせた。

「俺の気が済まないんだ。せめて年一の思い出の品くらい持っていてほしい」

そう言われても、素晴らしいエンゲージリングを昨夜受け取ったばかりだ。でも、空白の時間を埋めようとしてくれる気持ちに涙が浮かびそうになる。

どれもすてきな品ばかりだけれど、値段も驚くほど高い。

「時計もあるけど。ペアで買っちゃう？」

「いやいやいや」

（時計が有名なのは知ってるから！　バカ高いのも！）

美桜がぶんぶんと首を振ると、航はあっさり頷いた。

「そうだった。仕事上、つけられないな？」

それでもなにも買わずに店を出るつもりはないらしく、美桜は困ったあげく、航に選んでもらうことにした。「ふだん使いできるのがいいな」と一応リクエストを添えて。

「これは？　湊にもウケがよさそうだ」

航が示したのは、中心にカーブしたバーがついているネックレスだった。いわゆるスマイルマークというやつだ。

「合わせてみたら？　すみません――」

航がスタッフに声をかけ、カウンターにネックレスを出してもらう。

「ダイヤがついてる……」

「こっちのほうが似合う。色はどうする？」

プライスカードに硬直している美桜に、航は代わる代わるネックレスを当てて悩んでいたが、

「じゃあ、これとこれを」

と、スタッフに指示した。

（これとこれ……って、どれとどれ⁉）

会計と包装を待つ間、美桜は案内されたソファで呆然としていた。

「あとふたつはどうする？」

「もうお腹いっぱいな感じだよ。一生分のアクセサリーを見た気分……」

「そうだな、同じ店じゃなくてもいいか。選ぶ楽しみを後に取っておくのもいいしね。休憩

しようか」

美桜が首を縦に振ると、航は微笑んだ。

場所を銀座（ぎんざ）に移して、鰻（うなぎ）店で昼食をとった。

「うーん、スタミナがつくな」

「あはは。これ以上？」

現役自衛官なのだから当然かもしれないけれど、長い航海の後だというのに、航はすこぶる元気だ。

（ゆうべだって……）

濃密な夜を思い出し、美桜はぼうっとしてしまう。そういえば相変わらずのシックスパックだったが、若干絞られているような気がした。やはり過酷な仕事なのは間違いなく、少しでも英気を養ってほしいと、美桜は鰻重の器を押しやった。

「私の分も食べて？」

「ありがとう。だけど、美桜にも体力つけてもらわないとな。今夜もあるし」

意味深な目配せつきで辞退され、美桜は熱くなった頬を冷ますように、慌てて冷茶を口にした。

「ねえ……もう充分だってば」

航が立ち止まったのは、老舗（しにせ）の宝飾店だった。腰が引けている美桜をエスコートして、店内に踏み込む。

店内は静かで賑わってはいない。その分、冷やかしでなく、目的をもって来店している客ばかりのようで、ひと組ずつにスタッフがついてゆっくりと買い物をしている。

「いらっしゃいませ」

にこやかに近づいてきた女性スタッフに、航は頷いた。

「結婚指輪を見に来ました」

（あ――そうだったんだ……）

プロポーズはされたけれど、それがゴールではない。これから結婚に向けてひとつひとつすることがある。マリッジリングを選ぶのも、そうだ。

本当に航と夫婦になるのだと、航はそのために率先して行動してくれているのだと、美桜は胸が高鳴った。

「おめでとうございます。では、こちらへどうぞ」

カウンター前の椅子に座って、ショーケースを覗き込んだ。シンプルなもの、個性的なもの、さまざまだ。

「こちらが現在ご用意できるものになります。もちろんオリジナルデザインを承ることも可能ですので、ご用命ください」

「どう？　俺はこれとかいいと思う」

早くも目当てを見つけたらしい航が示したのは、平打ちのシンプルなプラチナリングだった。艶消しで地味にも見えるが、ずっと身につけることを考えると、気にならないくらいさりげないほうがいいだろう。

「うん、いいね……」

「女性にはもの足りないかな？　石は入れられますか？」

航がスタッフに訊ねるのを、美桜は止めた。

「同じがいい」

スタッフは美桜の言葉に、リングサイズによる幅の違いだけで、同じデザインになると頷いた。内側に彫るメッセージなども決めて、後日の仕上がりを待つことになった。

「さっきより嬉しそうだな」

航の言葉に、美桜は慌てて手を振る。

「そんなことないよ。ネックレスも楽しみ。ふたつ一緒につけても可愛いよね。でも……結婚指輪は、なんか本当に結婚するんだなって思って……」

航は美桜の顔を覗き込む。

「心外だ。まだ本気にしてなかったのか？」

「そうじゃないけど……本当に嬉しくて……」

「ごめんごめん、俺もだよ。できるなら、あの場できみに指輪をはめたいくらいだった」

「……それはちょっと恥ずかしい」

「なんで恥ずかしいんだよ。そこは喜ぶところだろ。まあ、それは本番を待つとして、あとは結婚式のプランだな」

その言葉に、美桜の胸は高鳴った。

「……するの？　子連れだけど」

「珍しくもないだろう。美桜のウェディングドレス姿は絶対見たい。あ、ケーキはどうする？　新婦自ら手作りか？」


翌日は仕事をして、急ぎ足で帰宅した。途中で姉から連絡があり、これから湊を送っていくと言っていた。湊も声を聞かせてくれて、楽しく過ごしたらしくおしゃべりが止まらなかった。

夕食は済ませてくると言っていたので、店の焼き菓子を姉へのお土産とは別に、皿に並べてお茶の支度をしていると、航から電話があった。

『これからちょっとおじゃまするよ。もう向かってる』

「えっ、姉が湊を送ってくるんだけど……」

『だからだよ。挨拶させてほしい』

そう言われると断れないし、そもそももうすぐ着くのだろう。美桜はひとりで焦りながら、姉に連絡を取ろうとした。

「ママ、ただいまー！」

（うわ、帰ってきちゃった……）

玄関に向かうと、湊が上がり框に座り込んでスニーカーを脱いでいた。その横を跨ぐようにして、姉の彩葵が両手に荷物を持って上がってくる。

「ただいま。楽しいデートだったよ」

「お、おかえりなさい……ありがとう、お疲れさま」

美桜の顔を見て、彩葵はすぐになにかを察したらしい。

「なに？　帰ってきちゃまずかった？」

「そうじゃなくて……あの、お姉ちゃんに挨拶したいって……もうすぐ着くみたい」

「彼氏が？　あらやだ！　化粧直ししないと。湊、お兄ちゃんが来るって」

「ほんと!?」

部屋に駆け込もうとする湊に、美桜は慌てて声をかける。

「湊、手洗って」

「落ち着きなさいよ、美桜」

そこにチャイムの音がして、洗面所から走り出てきた湊が玄関のドアを開けた。

「おにいちゃん！　こんばんは！」

「おっ、こんばんは湊。誰が来たかわかるまで、開けちゃだめだぞ。はい、お土産」

「ありがとう！　おにいちゃんがくるって、しってたもん。はやくおいでー」

絵本を受け取った湊に手を引っ張られて部屋に入ってきた航に、美桜は互いを紹介した。

「姉の彩葵です。こちらが陣野航さん」

彩葵は笑顔で会釈をしながらも、驚きの表情だ。

「初めまして、池端彩葵です。いつも妹と甥がお世話になっていて――びっくりした。写真を見て思ってたけど、実物はやっぱり湊に似てるわ。親子って言ってもいいくらい」

「お姉ちゃん」

いきなり核心を突いてきた彩葵に、美桜は焦った。

「お疲れのところを、突然おじゃまして申しわけありません。陣野航です。美桜さんとおつきあいさせてもらっています、四年前から」

「えっ……」

「航！」

彩葵と美桜の声が重なった。彩葵は美桜と航の顔を見比べ、笑顔を引っ込めて曖昧に頷いた。

「なんとなく見えてきたような気もするけど、ちゃんとふたりの口から聞きたいわ。まあ、座ってください。美桜、お茶淹れてくれる？」

テーブルを囲んだそれぞれの前にアイスティーのグラスが並んだところで、航は口を開いた。湊は美桜のそばで絵本に見入っている。

「四年前の春に美桜さんと出会いまして――」

雪の日の出会いから数か月の交際を経て、結婚を心に決めた航がプロポーズをする直前に事故に遭ったと聞いて、彩葵は眉を顰めた。

「そのときに一部記憶をなくしてしまったんです。一部というのは……美桜さんに関してだったんですが……そのせいで、彼女にはずいぶんと苦労をかけてしまいました。本当に申しわけなく思っています。お姉さんにも手助けしてもらったと聞いています」

航はそこで深々と頭を下げた。

「記憶喪失は航のせいじゃないでしょ。事故だって――」

美桜は思わずそう口を挟んだが、彩葵に視線を向けられて口を噤んだ。

「再会して交際が始まったのは、記憶が戻ったからですか？」

「いいえ。基地のイベントで偶然会って……一目惚れでした。今思えば、無意識のうちになにか感じるものがあったのかもしれませんが」

彩葵の目が美桜に移った。

「あんたはすぐに彼だってわかったんでしょ。なにも言わなかったの？」

「それは——」

　美桜はちらりと航を見て躊躇ったが、彩葵が答えずに許してくれるとも思えず、ぽつぽつと口にする。

「あれきり音信不通だったのに、全然屈託がなくて初対面のふりをしてるんだと思ったら、腹が立ったし呆れたし……それなのに、やたらアプローチしてくるし……」

　このあたりのことは、記憶が戻った航に直接言ったことはなかった。今さらという気もしたし、そもそもそんな時間がなかった。

　航は眉尻を下げて、小さく息をつく。

「そうだよな。それが当たり前だと思う」

「それでもあんたは撥ねつけられなかったわけね」

「……どういうつもりなのか気になったし、湊がいるから対応には慎重にならないとって思って……でも、すぐに記憶喪失だってわかったの。それなら、しかたないことなんだって。忘れられちゃったのは、もちろん悲しかったけど……」

　今さらながら、単純に結婚相手の紹介というだけでは済まないのだと感じた。当人同士はすでに納得しているが、身内といえども第三者が聞いた場合、素直に喜べないこともあるのかもしれない。

家族の中では、いちばんの味方だろうと思っていただけに、彩葵の反応は美桜を怯ませた。

「……まあ、誰が悪いって話じゃないわね。陣野さんは記憶がなくても、また美桜を好きになってくれたんでしょ」

「はい。人生でこれほど惹かれた人はいなくて、運命の相手だと思いました。過去に会ってつきあってたんですから、滑稽と思われるかもしれませんが――」

航は座布団を外すと、両手をついて頭を下げた。

「今度こそ美桜さんと結婚したい――いえ、します。させてください。湊と三人で生きていきたいんです」

その姿に、美桜は胸が絞られるような気がした。嬉しいのだけれど、航の覚悟に感動してもいた。じっとしていられなくて、美桜も同じように頭を下げる。

彩葵はしばらく無言だったが、「頭を上げてください」と言った。

「妹がどれだけ苦労したかなんて、今さら私が言わなくてもわかっていると思います。なによりそれは、本人が望んで抱えたことですから。美桜があなたと一緒になりたいと思うなら、私は賛成です。ただ……三人で生きていきたいって言いましたよね？　危険なお仕事だと思いますが、必ず生きていてください。きっとそれが幸せでいることだと思うので」

「お姉ちゃん……ありがとう……」

微笑む彩葵から航に視線を移し、どちらからともなく頷き合う。

「あー、湊。彩葵ちゃんカッコいいこと言っちゃったよー」

彩葵は湊に寄りかかるように姿勢を崩すが、湊はおとなたちの事情などまったく我関せず、絵本を掲げる。

「さきちゃん、これよんで」

「ああ、ごめん。そろそろ帰らないと明日遅刻しちゃう。お兄ちゃんに読んでもらって。あ、お兄ちゃんじゃないか。湊のパパなんだって！」

「ええーっ、そうなの⁉　うれしい！　やったー！」

彩葵は飛び跳ねる湊の頭を撫でて立ち上がると、美桜と航を見下ろした。

「それじゃ、慌ただしくてごめんなさい。でも、会えてよかったです」

「こちらこそ、お帰りを引き止めてしまってすみません。ありがとうございました」

「ありがとう、湊がお世話になりました。これ、荷物になるけど持っていって」

「お、ありがとう。湊、またね」

「バイバイ、さきちゃん！」

湊にせがまれて航が絵本を読み始めたので、美桜は駐車場まで彩葵を見送りに出た。

「時間はかかったけど、収まるべきところに収まったってことでよかったじゃない」

「うん……信じられないくらい。いろいろとありがとう。お姉ちゃんが助けてくれなかったら、今はなかったと思う」

「大げさだよ」

姉はレンタカーに乗り込むと、窓を開けて美桜を見上げた。

「今までの分も幸せになるんだよ。それじゃ、またね」

テールランプが角を曲がって見えなくなるまで見送り、部屋に戻った美桜の目に、湊を膝に乗せて絵本を読む航の姿が飛び込んできた。

（私の夫と息子なんだ……）

ふたりが寄り添った姿を見たことは何度もあるけれど、こんなに素直に幸せを感じたのは初めてだ。感動的と言ってもいい。

「あっ、ママおかえりなさい。パパ、ママかえってきたよ」

湊はちょっと恥ずかしそうに航をパパと呼び、しかし航が笑顔を返すと満面の笑みを浮かべた。

「……パパ。パパ！」

「なんだい、湊」

航の腕にぎゅっとしがみついて、足をじたばたさせる様子からは、湊が父親を欲しがっていたことや、航がパパだと知った喜びが伝わってくる。

「おかえり。いつまでも突っ立ってないでおいで」

航の言葉に、美桜は頷いた。

「そうだね。ふたりで仲よくしててずるいー。ママも仲間に入れて」

「いいよー！　ママもここにすわって」

湊がそう言って航の片膝を空けたので、美桜と航は顔を見合わせて笑った。


次の休みに、航が運転する車で長野の実家へ向かった。

彩葵が前もって話してくれていたようだが、訪い（おとない）を打診した電話での父は、四年前のように感情を露わにすることもなく素っ気なかった。

しかし実家に近づくにつれて、最後に父と対峙（たいじ）した記憶が鮮明に蘇ってきて、美桜を緊張と焦りで包んだ。

そんな美桜の様子に気遣う声をかけてくれた航を、そっと見返す。

「……先に謝っておくね。父が失礼な態度を取るかもしれない」

「なにがあっても、美桜と結婚する意思は変わらないよ」

小さく頷いて微笑む航に、美桜もぎこちなく頷きを返して息をついた。

祖父の代から住む日本家屋は、都会の生活に慣れた目には、やたら大きくそして古く見えた。

「おっきいおうちー！」

車を降りるなり叫んだ湊の声が聞こえたのか、玄関の引き戸が開いて、父が姿を現した。

（お父さん……！）

頑固おやじを絵に描いたような、見た目もがっしりとした父だったのに、ひと回り小さくなったように見えて、美桜は胸が痛くなった。頭髪も半分以上白くなっている。

父は玄関前に立ち尽くして、美桜と航、そして湊を見つめていた。とてて、と走り寄った湊が、父の前でぺこりと頭を下げる。

「こんにちは！　いけはたみなと、さんさいです！」

父は目を瞠って湊を見下ろしていたが、しゃがみ込んでその頭を撫でた。

「そうか、挨拶ができて偉いな。こんにちは、池端のじいちゃんだ」

「おじいちゃん……ママの……パパ？」

「……そうだよ」

「ぼくのパパはね、おにいちゃん！」

小さな手が示した先を目で追った父と、航の視線が合う。航は美桜の背を抱いて促し、一緒に父の前に立った。

「初めまして、陣野航と申します。本日はお時間を取っていただき、ありがとうございます」

「……お父さん、久しぶりです」

「立ち話もなんだ。上がれ」

ちゃっかりと父と手を繋いだ湊は、先に立って玄関へ入っていた。

座敷は縁側の戸が開け放たれ、扇風機だけが回っていたが、今の時期になるとこの辺りはこれで充分だ。

美桜がお茶と、父が湊のために買っておいたらしいジュースを盆に載せて座敷に戻る間に、湊と父の声が聞こえてきた。

「それでね、こっちがサイダーマン。これが――」

お気に入りの絵本を畳の上に広げて、指をさして説明している。うんうんと頷いている父は、美桜が驚くほど好々爺然としていた。

「お茶どうぞ。湊もジュース飲む？　じいちゃんが買っておいてくれたよ」

「のむ！　じいちゃん、ありがとう！」

両手でパックを持ち、無心でストローを啜る湊を、父は目を細めて見つめていた。その視線がゆっくりと美桜に移る。

「よくここまで育てたな」

その言葉だけで充分だった。そもそもは美桜を思っての反対だったと、今ではよくわかっている。美桜が反対を振り切ったときから、きっと父は案じていてくれたのだ。

「……ごめんね。もっと早く会いにくればよかった……」

「いいさ、こうして会えたんだから。おまえにも――」

父の視線が航に移った。航は姿勢を正して一礼する。

「改めまして、今日は美桜さんとの結婚を許していただきたく伺いました。また、美桜さんと湊をずっと守れずにいたことを、深くお詫びします。しかしこれからは、ふたりを大切に家庭を築いていくつもりです」

じっと聞いていた父が口を開いた。

「潜水艦乗りだと聞いた。留守にすることも多いんだろう。それで家族を守れるのか？」

痛いところを突かれて、美桜は思わず口を開こうとする。航は仕事に責任と誇りを持っている。航海で不在になれば寂しいと思うだろうけれど、航に仕事を変えてほしいとは思わない。

それより早く、頷いた航が言葉を発した。

「おっしゃりたいことはわかります。口幅ったいことを言うようですが、国防がひいては個人の大切なものを守ることにもなると考えています。もちろん、できる限りのことはするつもりですが、必要なときにそばにいなくて、美桜さんに負担をかけてしまうこともあるかもしれません。しかし、美桜さんが強い人だということは、お義父さんもご承知でしょう。助け合って生きていきたいと思っています」

結婚の挨拶だからといって、親に安心と期待をさせるだけの台詞を言わず、正直なところを述べる航に、美桜は内心ハラハラした。父のことだから、「そんな覚悟で認められるか」と言い放たれそうで。

「こいつは強いっていうより、頑固なんだよ」

しかし、父から返ってきたのはそんな言葉だった。美桜は呆気に取られて、それから眉を吊り上げた。

「お父さん譲りなんだから、しかたないでしょ」

父は薄く笑って、航に向き直った。

「ふつつかな娘ですが、末永くよろしくお願いします。頑固者だが、たしかに芯が強い――大事な娘だ」

(お父さん……！)

美桜は込み上げる涙を、唇を引き結んでこらえて立ち上がった。

「お参りしてもいいよね？」

湊と航とともに、父の後に続いて仏間に入った。初めて見る仏壇に、湊は目を丸くして航の脚にしがみついている。それでもろうそくから線香に火を灯すのを見て、興味に変わったようだった。

「ぼくもやりたい」

「そうか、ばあちゃんに挨拶してくれるか」

美桜と航が線香をあげてから、父は湊に手を添えて、手順を説明しながら香炉に線香を立てた。香炉の横に置かれた写真立てを、湊はじっと見つめている。

「これがおばあちゃん？」

「そうだよ。ママのママ。ご挨拶して」

「こんにちは！　いけはたみなと、さんさいです！」

父は湊の頭を撫でた。

「上手にできたな。けど、これからは陣野湊になるんだぞ」

「じんの……？　おにいちゃんとおんなじだね。おにいちゃんは、じんのわたるっていうなまえなんだよ」

「そうか。お兄ちゃんが湊のパパになってくれるからな。湊もママも陣野になるんだよ」

「じんの……じんのみなと、さんさいです！　さんさいもかわる？」

誰にともなく訊ねる湊に、みんなで笑った。

後日、わざわざ東京に戻ってきてくれた航の両親と綾香夫婦を交えて、食事会をした。

場所は高輪（たかなわ）のホテル内のレストランだったが、湊が一緒なのを考慮して個室をリザーブしておいてくれた。

真っ先に美桜に駆け寄ったのは綾香で、深々と頭を下げた。

「先日は失礼なことを言って、本当に申しわけありませんでした」

迫力ある美女ぶりは相変わらずだが、前回のような敵意は消えていた。きれいに整えられた眉の下から、窺うように美桜を見つめている。落ち着いて見ると、たしかに航と似ているかもしれない。

「あ……いいえ、わた——弟さんを心配してのことだとわかっています。あの、改めまして池端美桜と申します。ご挨拶が遅れまして」

「ううん、そんな。こちらこそ謝るのが遅くなって……早く会わせてと航に言ったのに、顔合わせのときでいいだろ、って。ああでも、やっとほっとしたわ」

安堵の表情の綾香の横に、神野夫妻が並んだ。

「初めまして。早々に娘が失礼をしたそうで、我々からもお詫びします」

「あっ、いいえ、もうそのことは……初めまして。本日はお時間をいただきましてありがとうございます」

六十代の陣野夫妻は、若々しく朗らかな人たちだった。その後も「愚息が大変なご苦労をおかけしてしまって」と謝罪されてしまい、美桜も平身低頭した。

「ママ、ぼくもごあいさつする」

美桜のスカートを引っ張る湊に、一斉に視線が集中した。

「……いけはたみなとです。さんさいです。あっ、でもこんど、じんのみなとになるんだよ」

それを見て、神野夫妻も綾香とその夫の園井氏も、もちろん航も相好を崩す。

「まあまあ、なんてかわいらしいんでしょう！」

「それに、航の小さいころによく似てる」

慣れない場所で見知らぬ人に囲まれるのを懸念していたが、湊は物怖じしない態度でほっとした。

席に着いて、改めて自己紹介が始まった。綾香の夫の園井氏は、いかにも弁護士らしい落ち着きのある人物だった。

今日の航は、初めて目にするスーツ姿だった。海自の礼装にも見惚れたけれど、スーツ姿もデキるビジネスマンのようで申し分がない。

その航と並んでふさわしく見えているかどうか、美桜は内心不安だった。

急遽（きゅうきょ）姉と相談して、互いにネットの画面を睨みつつ、最終的にショップに赴いて試着してから購入したのが今日の衣装だ。ピンクベージュのシンプルなAラインワンピースに、同素材のボレロがセットになっている。

「伝えてあるように、記憶をなくす前から交際していて、プロポーズするために指輪も用意していた。そうとは知らずに偶然再会して、また彼女と結婚したいと思ったんだ。記憶が戻ったのも、美桜のおかげだよ」

航が改めてそう説明すると、綾香が微笑んだ。

「美桜さんのケーキでしょ。私も買ってきていただいたけど、美味しかったわ。それにしても味覚で記憶が刺激されるなんて、すごいわね。やっぱり運命だってことよ」

「そうですよ。それに、こんないい子まで授かって……大変でしたね、美桜さん。ありがとう」

陣野夫人は早くも涙ぐんでいる。さりげなく気づかう陣野氏に、手本となる夫婦の姿を見る思いだ。

「念のための発言だが、我々は全面的に賛成だよ。ふたりとも社会人なんだから、自分たちで決めてくれてかまわない。その上で手助けが必要なときには、遠慮なく申し出てほしい」

陣野氏の言葉に航は頷き、当面のスケジュールを伝えた。

「先週、池端家に挨拶に行ってきた。今後、改めて親同士の顔合わせをしたいと思ってるから、そのときはよろしく。あとは、年内に式を挙げたいと思ってる。出席してくれると嬉しい」

「お休みをまた使わせちゃってごめんなさいね」

次の休日に、美桜は青山のカフェで綾香と待ち合わせた。航は仕事で湊は保育園だ。

「いいえ、こちらこそお言葉に甘えてしまって」

顔合わせのときに結婚式をすると告げると、綾香が自分が利用したブライダルサロンを強く勧めてきたのだ。まだ日取りも決まっていないと言っても、だからこそいつでもだいじょうぶなように準備すべきと返されてしまった。

途中で湊が「ママ、およめさんになるの？　うわあ、たのしみ！」と喜んだものだから、航や陣野夫妻も賛成し、綾香はますます張りきった。

「ううん、全然。楽しみで眠れなかったくらい。母は来られないけれど、随時、画像を送るから。スポンサーがいるから、遠慮しないで希望のものを見つけてね」

ドレスの費用は陣野の両親が持つと申し出てくれたが、それは甘えすぎではないかと、美桜はまだ躊躇っている。

「いいえ、やはりそれは自分で――」

「いいのいいの。どうせ航は制服なんだから、その分こちらでさせてちょうだい。湊くんが楽しみにしてるし、きれいな花嫁さんになってびっくりさせましょ。あ、そのうち湊くんの服も見ましょうね。近くならないと、サイズが心配だから。そうそう、それからこれ――荷物になるけど湊くんに」

差し出されたのは銀座の老舗玩具店のショッパーだった。

「えっ、お気づかいいただいて……ありがとうございます」

「気に入ってくれたら嬉しいのだけど。今度はちゃんとリクエストを聞くわね」

彩葵だけでなくこちらの伯母も湊を可愛がってくれるようで、ありがたい。

美桜がアイスティーを飲み終わるのを待ちかまえていたように、綾香は席を立った。

「いらっしゃいませ。このたびはおめでとうございます」

案内されたサロンの一室で、さっそくドレスを見せてもらう。

一度きりのことだし保管も大変だからと、美桜はレンタルを希望したのだが、陣野の義母と綾香、そしてなぜか航までが買い取りを勧めてきた。いわく、一生の思い出を手元に残しておくべき、だそうだ。

そう押されると逆らうのも憚られて、プレタポルテという条件で合意した。オーダーメイドのウェディングドレスだったという綾香には、少しごねられたけれど。

「希望はAラインだったわよね。それ以外でも、これだと思うものがあったら試着するといいわ。どれが似合うかは、着てみないとわからないから」

「はい。もうすでに目移りしてしまって……」

「じゃあこれ！　まずは着てみて」

示されたのはベアトップのスレンダーなシルエットで、透けるチュールがウエストから何枚も重なることで、ふんわりとしたスカートのようになっている。

「すてきですけど、ちょっと肩や背中が見えすぎというか……」

「色白なんだからいいじゃない。美しいものはどんどん見せるべきよ。それに、教会式じゃないんでしょ。このくらいの肌見せは問題なし」

航と相談の結果、式は都内のレストランを借りきっての人前式にした。子連れ結婚式なので、なるべくカジュアルにするつもりだ。

「あー、いい！　すごく似合うわ」

スタッフの手を借りて試着室から出てきた美桜を、綾香は手を叩いて褒めた。

人前で肌を露出する気恥ずかしさはあるけれど、鏡に映る自分はたしかに我ながらイイ感じだ。

「お似合いだと思います。サイズのお直しをすれば、シルエットがもっときれいになりますので」

その後も何着か着てみたが、ファーストインパクトを抜きにしても、最初のドレスがいちばん気に入った。綾香が送った画像を見た義母も、仕事中だから返信はないだろうと期待せずに美桜が送った姉からも、好評だった。

「航には送っちゃだめよ。当日までのお楽しみにしましょ。航としては、楽しみ以上にソワソワでしょうけど」

調整のため細かにサイズを測り、ブライダル用のインナーや小物も揃えて店を出たときには、ずいぶんと時間が過ぎていた。湊の衣装選びのときもぜひ同行させてほしいと言う綾香に礼を言って別れ、美桜は横須賀へと帰路を急いだ。

駅には航が車で迎えに来ていた。

「迎えに来るって言うから、びっくりして慌てちゃった。早くない？」

「書類が用意できたから、早退して関係各所を回ってたんだ。ほら――」

差し出された封筒に、美桜はシートベルトを装着する手を止めて、中身を取り出す。それは戸籍謄本で、航と美桜と湊が家族になったことが記されていた。

「……私も湊も陣野になったんだね……」

「これからも末永くよろしく」

「こちらこそよろしくお願いします」

車を走らせながら、航は時間を確かめた。

「まだお迎えには間があるな。話もあるし、ちょっといい？」

海岸沿いのパーキングに車を停めると、航は自販機で缶コーヒーを買って戻ってきた。ひとつを美桜に渡して、プルトップを開ける。

「きれいな夕焼け」

「だいぶ日が短くなったたな。話っていうのは、つきまとい女のことなんだけど――」

「ああ……うん」

航の記憶が戻ったことで、美桜とその女はなんら関わりがないとはっきりして、今はその影も見えないらしいことから、美桜は忘れかけていた件だった。それが蒸し返されることに、少し緊張する。

「記憶が戻って、あの女にされたこととかもはっきり思い出したんだ。正直、警察に相談してもいいくらいだったと思う。そうしなかったのは、当時は男がこんなことで騒ぐなんてっていう気持ちもあったし、自衛隊絡みで無駄に問題を起こしたくないとも思っていたからだ」

どちらに非があるかということとは別に、被害者の無関係な事柄までマスコミなどに暴き立てられることが、往々にしてある。航が気にしたのはわからなくはない。

「けど、これからはもう、自分のことだけを気にしていればいいわけにはいかない。いや、俺はどうでも、美桜と湊を守るのは必須だ」

航はそう言って、美桜の手を握った。

「あの女がなにかの弾みにまた俺を追いかけるようなことがあれば、きみと湊の存在にも気づくだろう。そばにいないときに、なにかされないとも限らない。なにしろ常識なんてものは吹っ飛んでる奴だ。だからこっちも、相手の動向を摑んでおきたい——そう思って、あの女を知る同僚に声をかけていた」

記憶が戻っていない時期に指輪を見つけて、綾香に話を振ったときに、その女の存在を知らされたのだということは、以前に聞いたことがあった。その件を詳しく知るために、同僚に訊ねもしたという。

「今度はこっちも記憶がはっきりしてるからな。あの女のつきまといが治まったのは、きみとつきあい始めてしばらくしてからだった。当時の俺は、これ幸いと気にすることもなく、きみにまっしぐらだった。今さらと言われながらも情報を集めて、さらに伝手を辿っていったところ、どうやらつい最近ネイビーに河岸を変えたらしい」

　頷きながら聞いていた美桜は、驚いて目を瞠った。

「ネイビーって……米軍？」

「ご近所さんだから、基地周りをうろうろしてれば、嫌でも目に入るだろう。横須賀の街中なら言わずもがなだ」

　たしかに街を歩いていれば、米軍人と日本人女性のカップルも少なくない。子連れのファミリーらしき姿も見かける。

　しかし自衛隊員につきまとって、それが米軍人にチェンジというのは、なんとも眉を顰めてしまう。本人ではなくパッケージに惹かれているのではないか、と。

　航はコーヒーを飲み干して、口端を歪めるように笑った。

「まあ、そっちに行く前に、空自とかにも寄り道したらしいけどね。そこでは上層部からガツンと警告されたらしくて、それで自衛隊から離れたんだろう」

「そうなんだ……なんて言うか、行動力はすごいね」

「行動力。たしかにな」

航はおかしそうに笑い出す。

「今、どうしてると思う？　目当てのネイビーが帰国するのに、ついていったらしい。つきまといも極まれりだな」

「ええっ？　まさか結婚したの……？」

「そのまさかだ。まあ、馴れ初めがつきまといだから、いつまで続くかわからないけど、ひとまずは安心だな。けど、気にしてはおくよ」

「ふーん……」

美桜が眉を寄せて頷くのを見て、航は運転席から背中を起こした。

「なんだ？　やっぱり不安か？　心配ならマンションじゃなくて、官舎に住むって手もあるけど——」

「ううん、そうじゃなくて。なんだか失礼な話じゃない？　絶対に航のほうがカッコいいのに」

もちろんつきまとわれ続けては困るのだけれど、あっさり目標が変わってしまったのも、それはそれで悔しいような——女心は複雑なのだ。

「なにを言うかと思えば——」

航の手が美桜の頭を撫でた。

「美桜に愛されてれば、俺は充分幸せだよ」

そのまま車で保育園へ湊を迎えに行った。

「湊くーん、お迎えよ――あらっ……」

美桜の隣に立つ航の姿に、保育士が目を留める。

「あらあら、池端さん、こちらが例の?」

「陣野と申します。いつも湊がお世話になっています」

スーツ姿の航に微笑まれては、ぼうっとするのも無理はないと、美桜は内心満足を覚えながら頷いた。

「書類も整いましたので、改めて陣野湊ということでよろしくお願いします」

「は、はい! こちらこそ――あっ、ごめんなさい、池端さんって言っちゃった。失礼しました」

「いいえ、おいおいで。湊、おかえり」

靴を履いて飛び出してきた湊は、満面の笑みを浮かべた。

「ただいま! わあ、おにいちゃ――パパ!」

まっしぐらに駆け寄った航に抱き上げられて、湊は腕の中で跳ねている。

「せんせい、ぼくのパパだよ! カッコいいでしょ」

「うん、カッコいい。よかったね、湊くん」

同意の声に気持ちがこもっていて、美桜は緩む口元を俯いて隠した。

（カッコいいって言われるのも嬉しいけど、誰に憚ることなく家族だと言えるのが嬉しい。幸せってこういうことなのかな）

「せんせい、さようなら！　またあしたね！」

湊を挟んで手を繋ぎ、保育園の駐車場までのわずかな距離の間、湊は何度美桜と航を見上げて、パパ、ママ、と呼びかけたことだろう。その都度、「なんだ、湊」と聞き返す航に、美桜も「パパ」と呼びかけてみた。

「なんだい、ママ。ふたりきりのときは、あなたとか言ってほしいな」

後半の囁きに、美桜はそう呼びかけるシーンを想像して気恥ずかしくなった。

車に乗り込むと、後部席のチャイルドシートに座った湊を、航は振り返った。

「新しいお家を見にいってみるか？」

「あたらしいおうち？　ぼくとママとパパの？　いく！」

新居は現在航が住んでいるマンションだが、広めの2LDKなので三人で暮らすには充分だ。美桜も一度訪れたけれど、天然石のエントランスがしゃれていて、築年数が浅いので部屋もきれいだった。

マンションには必要最低限の新しい家具を買って、すでに搬入が済んでいる。使えるものはアパートから運ぶつもりだ。その移動日から正式な同居となるだろう。

　オートロックのエントランスやエレベーターに、湊は興味津々で、美桜はつい注意してしまう。

「ひとりでエレベーターに乗っちゃだめだよ。外に出たらドアにカギがかかって入れなくなっちゃうし」

「うん、わかった。ここ？　こんにちはー」

「これからはただいまかな。さあ、どうぞ」

　湊は玄関に入ると夢中で靴を脱ぎ、廊下を進んだ。

「おおきい！　ほいくえんのホールみたい」

　リビングの掃き出し窓に両手をつけて外を見る湊に、美桜は慌てて注意事項を追加した。

「窓も自分で開けちゃだめ。ベランダに出るときは、ママと一緒だよ」

「パパは？」

（うっ……つい、いつもの癖で……）

「パパでもいい。おとなと一緒じゃないとだめだな」

「じゃあいっしょにおそとでよう、パパ」

「よし、おいで」

　ベランダに大小の背中が並ぶのを、美桜は微笑ましく見つめた。

「みえないー。だっこー」

甘える声に応えて、航は湊を抱き上げた。手すりに触れないように、ちゃんと下がってくれている。

「あっちに海が見えるんだ」

「ほんと？　せんすいかんもみえる？」

「あー、それはどうかなー」

高台に建つマンションなので夜景もなかなか見ごたえがあるのだが、三歳児にはあまり刺さらなかったらしくすぐに室内に戻ってきた。その後も湊は航の手を引いて家の中を見回っていて、ときおり歓声を上げていた。

「湊、あまり騒がないで。アパートと同じで、お隣や下の人がいるんだから」

「ママ！　すごいんだよ！」

しかし美桜の注意など耳に入らないらしく、湊は興奮した様子で駆け寄ってきた。

「あのね、あっち、ぼくのへやだって！」

「ああ、そうね。湊がもっと大きくなったらね」

物置部屋をいずれそうしようと、航と相談してあった。

「いつ？　あした？」

「もっと大きくなってからだよ。そうだなー、小学生になったらかな」

「なる！　しょうがくせいになる！」

「まずはひとりで寝られるようにならないとな」

航の言葉に、湊は唇を引き結んで考え込んだ。

「……だって、さびしいもん……」

「ちゃんと部屋は取っておくから、慌てて大きくならなくてもだいじょうぶだよ。ていうか、ゆっくり大きくなってくれ」

航の口調に思いが込められているのを感じた。どうにもならなかったこととはいえ、湊の誕生から今までをそばで見守ってこられなかったのは心残りなのだろう。

それでも湊を愛してくれて、できる限り一緒の時間を持とうとしてくれる航と、湊の両親として生きていけることに、嬉しさを感じた。


結婚式を数日後に控えた夜、美桜は営業を終えた店の厨房で、ひとりウェディングケーキを作る作業に集中していた。

花嫁がウェディングケーキを手作りするというのは、主に時間的な問題で大変だ。ことに美桜の場合、湊の世話もあるので、なかなかまとまった時間が取れない。かといって長いスパンで作るわけにもいかないので、いかに日持ちするケーキを作るかが最大のポイントだった。

選んだのは、バタークリームを使ったケーキだ。温度管理をきちんとすれば、形状は維持できるし、賞味期限も生クリームを使ったものより長い。

大きさはそれほどでもないが二段にして、全体にフリルのようにクリームを重ねるスタイルだ。クリームの色を少しずつ変えてグラデーションにしている。その色が――。

「うわー、青いケーキだ！　なかなかないね、その色は」

感嘆の声を上げたのは、店長だった。快く厨房を使わせてくれたが、様子を見に来たのは今夜が初めてだ。

「ありがたく使わせていただいてます」

「うんうん、そんなことは全然。これは、みんなにも作業工程を見せたいわね、後学のために」

「いえ、そんな……」

青、と言われたが、厳密にはブルーキュラソーのような色味だ。下から上へと薄い色にしていって、トップは真っ白。工作で使うお花紙で作った花びらのように、フリルが段になっている。

「これは……海、よね？」

近づいて角度を変えながら見る店長に、美桜は苦笑して頷いた。

「――です」

「もうもう、すてきじゃない？　愛だわねー。トップの飾りはどうするの？」

「アイシングの小花を散らそうと思ってますけど――」

「ええーっ、ここまでやったのに？　思いきって突き抜けちゃえば？」

冗談なのか本気なのかわからない店長の言葉に乗せられて、美桜はとっておきのアイデアを白状した。

「実は――」

説明の途中で、店長は笑い出す。

「いいと思うわ。それでいきましょう」


秋も深まったその日は風もなく、会場のレストランからは穏やかに光る海が一望できた。

それぞれの親族と、職場の上司や同僚を招いての結婚式は、こぢんまりと温かな雰囲気に包まれていた。

「ママ、きれい！　おひめさまみたい！」

支度を終えた美桜を見て、湊は大はしゃぎだ。そんな湊も、紺のセーラー服に半ズボンがよく似合って可愛らしい。なぜか意気投合したらしい彩葵と綾香が、代わる代わる一緒に写真を撮りまくっていた。

ドレスに合わせたアクセサリーは、しずく型のパールのイヤリングだけだ。デコルテはなにもないほうがいい、というのが親族女性たちの一致した意見だったのだ。美桜としては少しでも隠したかったのだけれど、「首から肩のラインがとてもきれいだもの」という言葉に押しきられた格好だ。

ベールはつけず、緩くアップした髪に白いピオニーやバラを飾った。ブーケも揃いの花でまとめている。

「パパは？」

控室の中を歩き回る湊の手を取って、彩葵は椅子に座らせた。

「パパはね、ママのドレス姿を後で見るんだって」

「そうなんだ。パパ、びっくりするよね」

人前式ではあるが、チャペル式のように父にエスコートしてもらって入場することになっていたので、彩葵や湊、陣野の親族は先に会場へ向かった。

控室で父とふたりきりになり、美桜は「お父さん――」と声をかける。

父は微妙に顔の向きをずうしていたが、美桜はそのまま挨拶をした。

「今まで見守ってくれてありがとうございました。これからもよろしくお願いします」

「……おまえは母さんに似てるな」

思いがけない言葉に、美桜は笑った。

「そう？　中身はお父さん似だけどね」

ようやく美桜を真っ直ぐ見た父が、目を細める。

「幸せになれ」

父の後に続いて控室を出ると、会場のドアの前にはスタッフが待ちかまえていた。会場内から司会の声が聞こえる。音楽に切り替わり、スタッフに促されて父の腕を取った。

ドアが開くと、さざ波のように拍手が沸き起こった。しかし左右に並んで道を作ってくれている出席者の姿を通り越し、美桜の目は正面に立つ航の姿に釘付けになった。

ガラスの向こうに広がる海原をバックに、冬服と言われる金ボタンのダブルの黒スーツに身を包んでいる。白手袋を着用することで、第一種礼装となるそうだ。聞くところによると、さらにフォーマルな第二種礼装というものがあるそうだが、

『蝶ネクタイなんか恥ずかしい。だいたい佐官でもないのに……あ、サーベルもナシにするから』

航にそう言われ、ちょっと残念に思っていたのだけれど、そんな気持ちはどこかに吹き飛んでしまうくらい、すてきな姿だった。目深にかぶった制帽の下で、通った鼻筋と引き締ま

った口元が凛々しい。

そして美桜を見返す双眸は、強い光を放っていた。熱っぽい視線に、美桜の心はさらに高揚していく。

（この人が私の夫なんだ。この人と夫婦として人生を歩んでいくんだ）

それは、これまで生きてきた中で最大の喜びだった。

ぎこちなく歩む途中で、父に背中を押される。振り向くと、行ってこいというように頷いていた。

美桜はドレスの裾をつまんで、花嫁にあるまじき急ぎ足で航のもとへと進んだ。航もまた美桜に歩み寄り、手を添えて壇上へと導いてくれる。

「きれいだ」

耳元で囁かれ、口元が緩む。

「航もすごくカッコいいよ」

四年前に、イベントで夏用の白い詰襟の制服を着た航と、会場内を歩いたことを思い出す。

あのときも夢見心地だったけれど、今は現実として喜びを噛みしめている。

並んで一礼すると、改めて会場内から拍手が沸き起こった。

最初に行われたのは指輪の交換で、湊がリングボーイを務めた。得意げに顎を上げて、指輪を載せたクッションを捧げ持った姿は、身内だけでなく出席者にも好評だ。

互いの指にリングをはめて、思わず顔を見合わせる。打ち合わせではここで誓いのキスと言われていたけれど、儀式といえども人前でのキスは恥ずかしくて、美桜は省略を希望していた。

――が、航の手が美桜の肩を摑み、顔が近づいてきた。シャッターの音があちこちで響く中、湊が声を上げた。

「あーっ、チューしてる！」

キスを解いた航は笑顔で湊のそばにしゃがみ込み、その頰にキスをした。視線で促されて、美桜も反対側に身を屈め、湊の両頰にキスをする。笑いや拍手が起こって、キスの気恥ずかしさも吹き飛んだ。

「このとおり、三人での結婚式となりました――」

航は自然に挨拶を始めた。

「本来ならば、もっと早くに夫婦となるつもりでしたが、ご存知のように諸事情ありまして……しかし今日、皆さまの祝福を受けて夫婦として、家族としての披露ができましたことを、心より嬉しく思っています。どうぞ今後も末永く見守っていただければ幸いです」

短くて飾りけのない挨拶だったが、素直な気持ちが伝わったと思う。

乾杯の後に食事が始まり、航の直属の上司である潜水艦の艦長や、『Ｍｉａｍ』横須賀店の店長の祝辞、航の同僚有志による余興など、終始和やかに進行し、デザートに合わせてウエディングケーキが登場した。

「パティシエでもある新婦の手作りケーキでございます」

　見慣れない青いケーキに、どよめきが上がった。しかし、「きれい」「すてき」と肯定的な声が聞こえた。

「いかがでしょう？　まるで海のような色合いだと思われませんか？　そして海といえば、天辺には――」

「あっ、クジラさん！」

　湊が叫んで指をさしたケーキのトップには、ベリーをコーティングした青や白の大小の球が、水しぶきのように重なって、中央に砂糖菓子のクジラが載っている。

「潜水艦は別名鉄鯨とも言われていまして、新婦の新郎への愛が伝わってくるケーキですね。さあ、ケーキ入刀となりますので、カメラをお持ちの方はどうぞ前のほうへ――」

　隣を窺うと、航は目を瞠ってケーキを凝視していたが、美桜の視線に気づいて苦笑を浮かべる。

「すごいな。こんなケーキが作れるなんて」

　ふたりでナイフに手を添え、そっと切り分ける。中のスポンジは、クリームの重さに耐えつつも柔らかな食感を追求した。

　美桜はフォークでひとかけを掬い、航の口元へと運ぶ。一瞬戸惑うような目の色になったが、さすがにこの場で辞退はできないと察したのだろう、航は観念したように口を開いた。

フラッシュが光る中、美桜は航の顔を覗き込む。

「美味しい？」

「ウィークエンド・シトロンの次に美味い」

航の口端についたクリームを、美桜は指先で拭って微笑んだ。

END

あとがき

こんにちは、浅見茉莉（あさみまり）です。この本をお手に取ってくださり、ありがとうございます。

自衛隊ですよ、いいですね！　制服好きとしてはたまりません。もちろん、真摯にお仕事に向き合っているからこそのカッコよさですが。

近くに空自基地があるので、ときどきF—2の離着陸を見にいくのですが、滑走路からあっという間に飛び立っていく姿は見惚れます。

音楽まつりも何度か当選して観覧しました。あれは素晴らしい！　制服の集団、いや、演奏も一糸乱れぬマーチングも最高です。

——と、萌（も）え話はこれくらいにして、今回は海自隊員のヒーローです。白の詰襟制服は男前度ダントツなので。中でも謎に包まれた潜水艦隊所属。一応調べたのですが、活動内容など不明部分も多く……果たしてあんなに押せ押せで動く暇があるのか疑問ですが、わからないのでよしとしましょう。時間がなければ作り出すのがヒーローというものです。

ヒロインはパティシエです。彼女が作るウィークエンド・シトロンというケーキが、話の鍵となっています。

私もたまに作りますが、わりと酸っぱめのレシピです。限界まで酸味をきかせたとしても、甘いものが苦手な人が好むだろうかという気はしますが、ヒーローはヒロインが作ったものなら美味しく感じるのでしょう。たぶん。

作中に登場させるべくウェディングケーキを久々に検索して、今どきの独創的な美しさや楽しさに感心しました。見てよし食べてよしがいいですよね。ウェディングケーキとは言わずとも、次の誕生日にはオーダーケーキで自分をお祝いしたいと思います。

森原八鹿（もりはらようか）先生には、制服姿も凛々しいヒーローと可憐なヒロイン、可愛い息子くんを描いていただきました。白詰襟サイコーですね！

担当さんを始めとして制作に関わってくださった方々にもお礼申し上げます。特に担当さんには細やかなアドバイスと励ましをいただき、感謝しています。

お読みくださった皆さんもありがとうございます。感想やご贔屓の隊などお聞かせいただけたら嬉しいです。

それではまた、お会いできますように。

秘密の子育てがバレて海上自衛官パパに猛求婚されてます

Vanilla文庫 Miel

2025年3月5日　第1刷発行　　定価はカバーに表示してあります

著　作　浅見茉莉　©MARI ASAMI 2025
装　画　森原八鹿
発行人　鈴木幸辰
発行所　株式会社ハーパーコリンズ・ジャパン
東京都千代田区大手町1-5-1
電話　04-2951-2000(営業)
0570-008091(読者サービス係)
印刷・製本　中央精版印刷株式会社

　ISBN978-4-596-72668-1